CUBA: LA ISLA DE LA HISTORIA

PRIMERA PARTE: DEL COHIBA A PLATT

ENRIQUE GONZÁLEZ

EDITORIAL PRIMIGENIOS

Primera edición, Miami, 2024

© De los textos: Enrique González
© Del texto de contracubierta: Eduardo René Casanova
© De la presente edición: Editorial Primigenios
© Del diseño: Eduardo René Casanova Ealo
© De la ilustración de cubierta: Mauricio Amat Pérez
© Foto de autor: Mauricio Amat Pérez
ISBN: 9798884867826

Edita: Editorial Primigenios
Miami, Florida.
Correo electrónico: editorialprimigenios@yahoo.com
Sitio web: https://editorialprimigenios.org

Edición y maquetación: Eduardo René Casanova Ealo

Para Olga, Enrique y Olguita
mis padres y hermana.
Por los valores y principios que me transmitieron

Para Madelin
mi fiel compañera de aventuras por casi 30 años.
Te amo

Para Joaquín
mi hermano mayor,
fuente de inspiración y motivación inagotable

Para Mauricio y Any, por no dejar que decayera
en la intención de publicar el libro.
También agradezco a Mauri y Alfredo, quienes revisaron algunos textos
y aportaron muy buenas ideas.
A Eduardo René Casanova Ealo, mi editor, —que con extrema profesiona-
lidad y sobrada paciencia—, hizo un libro del manuscrito salvaje que recibió.

A todos, muchas gracias.

Este libro, —primer tomo de una trilogía—, en tus manos de ávido lector, es un regalo que el colectivo de autores (Yo, y mis otras cuatro personalidades) te agradece porque lo compraste y pagaste por él.

Como sabes, un libro es un valioso e inigualable amigo. Este libro, en especial, es un seguro y fiel acompañante en los momentos en que estés mal entretenido, triste o no salió el número que apuntaste.

Es el perfecto sustituto del par de medias, la corbata o la taza personalizada que todos los años regalas a un familiar, amigo o compañero de trabajo con lo que te dará; además, el toque de misterio de los intelectuales bohemios que aún regalan libros.

En fin, este es un libro de espectro ancho, puede ir contigo y alegrarte las vacaciones, descansar lleno de polvo en la mesa de la sala, o ser utilizado como cómplice silencioso en las horas solitarias de visita obligada al baño; porque la Cultura no tiene momento fijo y el libro no va a protestar por el uso que le des.

Cuídalo, porque cuidar un libro es ayudar a la Cultura, además de tener un Plan B cuando el rollo de papel se termina, abandonándote a tu suerte en el solitario baño.

Si te gustó el contenido compra y regala ejemplares de este libro a 150 amigos. Si no lo haces probablemente no pase nada, pero te odiaré por tacaño.

Te espero, con mucha información y un punto de vista único, en el segundo y tercer tomo.

CUBA TE ESPERA

En mi conuco no hay olla reina.
La India María

Según los estudiosos, la historia de la isla hoy conocida como Cuba comienza alrededor del año 6000, quizás en el 5977 o en el 6018 (antes de la llegada de Cristo). Como la elegancia que caracteriza solo a los buenos científicos, ninguno de ellos se ha puesto de acuerdo con los demás de la cofradía en la fecha exacta de la llegada de los primeros pobladores.

Si lo hubieran hecho no existiría ese misterio ni ellos podrían haber seguido publicando investigaciones y cobrando por ellas.

Probablemente esos adelantados que se atrevieron a asentarse en la Isla provenían de la región del norte (actuales Mississippi y Florida) y las Bahamas, territorios con los que en ese tiempo había excepción de visado.

En lo que sí están de acuerdo todos es que la razón de que los primeros visitantes vinieran es porque reservaron un paquete de turismo todo incluido donde les prometían transporte, *transfer*, alojamiento, una tierra paradisiaca con playas nudistas, experimentado guía local, desayuno y cena incluidos con una variedad infinita de platos donde escoger. Todo esto a precio de liquidación: 2 hachas petaloides y 6 conchas marinas talla Jumbo por pax.

En realidad, no todo sucedió exactamente como se los pintaron en la agencia Taíno XtraTravel. Esto es algo que a través de los tiempos no ha cambiado y siempre ha caracterizado las ofertas de las agencias de viaje que se respetan: magnificar el valor de pasaje, paquete, destino, etc. que quieran vender. No importa si te cobran como si fueras a hospedarte en Dubái y terminas en un hotel de ¾ de estrellas de Corea del Norte; lo que importa es que sientas que has hecho el negocio de tu vida.

Así tenemos, según cuentan los historiadores, que las embarcaciones no eran certificadas por nadie y varias se quedaron en el camino, junto con los viajeros que iban en ellas, lo cual fue una agradable e inesperada sorpresa para las bestias marinas de los alrededores que sí tuvieron su todo incluido de desayuno, almuerzo y comida.

Mucho tiempo después, y basado en esta experiencia, se desarrolló la actividad recreativa para turistas de dar de comer a los tiburones en el Caribe y a los cocodrilos en Australia. En las versiones más modernas se ha perdido la idea original y son los turistas los que alimentan a las bestias marinas con diferentes carnadas, no son ellos mismos la carnada.

Un detalle que maravilló a los primeros pobladores fue la similitud de las playas de la futura Cuba con las de sus lugares de origen. Este hecho, aunque sorprendente a primera vista, resultaba lógico considerando que procedían de territorios cercanos, ubicados justo al otro lado, como si cruzaran una calle para encontrarse con unos, y a solo dos puertas de distancia hacia el este para hallarse con otros.

Alegremente se dieron cuenta de que iban a ser ellos mismos los encueruzos en las playas, porque eran los primeros en llegar. No había más nadie para armar el jolgorio y gozadera tropical. Y eso sí que deprimió a algunos y resultó frustrante para la mayoría.

Seguro que no es lo mismo perseguir a otras (y otros) nativos ligeros de ropa, que animarse a caerle atrás, — bajo el Sol tropical de las doce del día—, a las mismas masas que ya conoces y que con el pasar de los años se han convertido en empellas saltarinas: nada de aventura y menos de romanticismo. Eso estuvo fatal e imperdonable.

Además, para honrar la memoria de los familiares más cercanos y queridos de quienes les vendieron el paquete turístico, los viajeros tuvieron que construir su propio alojamiento con las ramas y palos que encontraron. Esto se debió a que, a su llegada, no fueron recibidos con el prometido coctel de bienvenida, sino con un intenso aguacero tropical que, como es habitual en esa época del año en el país, cae puntualmente entre las 4:30 y las 5:00 de la tarde todos los días.

Hablando de la gastronomía, ahí fue la cuarta decepción. Nada de los platillos locales exclusivos y los postres afrodisíacos clasificados bajo el nombre de "Dulces de la Abuela" como la natilla, el arroz con leche y los churros. No existía nada de eso, así que tuvieron que seguir degustando sin chistar la misma y aburrida gastronomía de siempre, quizás con algunas variantes a base de yuca, que de esa planta sí había bastante.

En los días afortunados en que todo salía bien desde el comienzo, tal vez lograban obtener la preciada fibra si conseguían capturar un pato benevolente y distraído que, generosamente, se dejaba atrapar. Esto sucedía después de que el experto cazador de la tribu permanecía en silencio e inmóvil durante cuatro horas, con el agua hasta la nariz y llevando una jícara en la cabeza, demostrando una paciencia digna de notar. Vale destacar que estas largas esperas eran habituales y exactamente de hasta cuatro horas, ya que en la tribu no se pagaba tiempo extra. Después de todo, estaban en los comienzos de establecerse en un nuevo lugar y no contaban con fondos adicionales para ello.

Generalmente se podían identificar estos expertos cazadores nativos, pertenecientes a una casta respetada por toda la tribu, por los hongos y las arrugas de los dedos de las manos y de los pies, ocasionadas por tanto tiempo en el agua. Estas marcas permanecían indelebles alrededor de una semana después de haber agarrado al pato, o de que se hubiera ido en blanco. Como acertadamente suponen, el resultado más común de esas lides: Pato: 1 – Nativo: 0

En fin, como le dijo uno de los más impetuosos jóvenes a uno de los más viejos y venerables integrantes del piquete refiriéndose al fiasco del paquete turístico: *Coño, ¡Manolo, que falta de luz larga!*

Esa frase, que pudiera parecer banal, encierra un profundo significado como genuina expresión de cubanía, ha trascendido en el tiempo transformándose, en dependencia de la etapa en que se utilice. En la actualidad es una expresión de uso común al referirse a la falta de una debida planificación, hecho común en la actual administración de la isla.

Resignados los sobrevivientes, y siguiendo el consenso unipersonal del jefe de la expedición e impedido objetivamente el retorno por la falta de naves para regresar por donde habían venido, decidieron democráticamente aplatanarse en el nuevo lugar.

Algunos tomaron esa decisión porque se dieron cuenta de que habían llegado a un paraíso fiscal, —no se había inventado la ONAT (Oficina de Impuestos) en esta isla nueva—, y por lo tanto no tenían que entregar ofrendas en especie y en mujeres cada fin de año.

Solamente persistía un "pequeño problemita" y era que las tribus de más al sur los siguieron sofocando en esta nueva tierra como lo hacían periódicamente en sus territorios de origen. Hay desgracias que siempre van contigo, no importa cuán lejos te marches.

Esos "Caribes" de más al sur, como ellos decían llamarse (nombre tomado de una marca de radiorreceptores tan inexpresivos y poco comunicativos como los de carne y hueso a que nos referimos), eran unos tipos muy carismáticos y excelentes cocineros que cuando estaban aburridos se iban de campismo a las islas vecinas. Eso sí, eran bien serios y se jactaban de tremenda mala leche por el prójimo, según se cuenta en los blogs que se conservan de la época.

Si no recibían el impuesto de mujeres y productos que tocaba por núcleo familiar, entonces se molestaban tanto que hacían unos suculentos guisos con los locales. A decir verdad, esos platillos a base de congéneres les quedaban como para chuparse los huesitos de los dedos literalmente.

Los estudiosos explican que condimentaban, cocinaban y comían a sus enemigos para obtener la fuerza de estos.

Otra teoría algo extendida refiere que se comían a los integrantes de otras tribus porque estos eran más fáciles de cazar que a los patos. Además, tenía más rendimiento neto de carne, un indio adversario significaba como 50 patos sin la molestia de los hongos y las estrías en las manos y pies. Inteligencia natural.

Algunos historiadores difieren totalmente con esta teoría. Afirman que los "Caribes" tenían un concurso semestral llamado *Master Chef* y celebraban las finales dedicadas a los platos carnívoros y el último round de cada edición se llevaba a cabo en las islas aledañas.

De esta forma, variaban la escenografía del programa a la vez que garantizaban el suministro de proteína fresca para la realización del evento, la cual estaba garantizada por el aporte personal de los tranquilos y bucólicos vecinos, entre ellos, de los habitantes de Cuba.

Pero la explicación del canibalismo más aceptada la refiere una leyenda de las mismas tribus Caribe, la cual le cantaban las madres a los hijos pequeños mientras los arrullaban para que se durmieran, después que la Calabacita se acostaba.

En la misma se narra que existió, al principio de los tiempos, una aldea donde todos sus integrantes vivían en armonía y se repartían los resultados de la caza y la pesca de manera equitativa, sin importar el esfuerzo de cada cual. Eran felices allí.

Una de las familias que integraban la comunidad, conocidos como los *Pus-ilan-imes*, comenzó a dejar de cazar y pescar aduciendo vehementemente que dos de sus integrantes no se identificaban como humanos, si no como patos. Otros seis del mismo núcleo familiar dijeron identificarse como jabalíes. Como los patos y los jabalíes eran animales, no podían trabajar, pero, —a su vez—, eran integrantes de la tribu, por lo que tenían que gozar de los mismos derechos de todos y, consecuentemente, debían ser mantenidos y alimentados por los demás miembros.

Esta situación sorprendió un tanto a las otras familias, pero al final determinaron que era importante por, sobre todo, que cada integrante reclamara firmemente sus derechos y buscara su realización personal, sin importar mucho los deberes y compromisos para con los demás.

La comunidad se acostumbró a esta situación y la vida siguió su curso. Más adelante surgieron otros casos donde integrantes de otras familias también comenzaron a identificarse como diversos animales y vegetales. Entre estos últimos se contabilizaron doce amapolas, seis girasoles y tres marpacíficos.

Algunos, incluso, se veían a sí mismos como seres indefinidos, fueron bautizados como los "XYZ".

Pasaron los años y las condiciones del lugar donde habitaban comenzaron a deteriorarse, hubo dos temporadas seguidas donde las cosechas se perdieron casi totalmente por falta de suficiente mano de obra para recogerlas.

Como las desgracias nunca vienen solas, y generalmente en número de tres; desafortunadamente unos meses después comenzó una sequía que fue acabando con todos los humedales y espejos de agua cercanos. Solo se pescaban guajacones ocasionalmente.

La poca agricultura sobreviviente colapsó totalmente y los animales salvajes se movieron hacia otras zonas con mejores pastos y acceso al agua, por lo que la caza se fue a bolina también.

La situación de la tribu se tornó desesperada. No había suficientes recursos disponible para alimentar ni a la mitad de esta y los periodos de ayuno comenzaron a extenderse junto con las muertes por hambre.

Entre los primeros en fallecer de inanición estuvo uno de los que se identificaba como jabalí. El Comité Municipal de Ancianos se reunió y determinó, acertadamente y por unanimidad, en una sesión solemne que duró siete minutos, que podían comérselo porque era un jabalí, no un ser humano.

Como la comunidad era muy unida y respetuosa, la decisión fue acatada sin chistar por todos, incluidos los miembros de la familia de los *Pus-ila-nimes*. El "jabalí" quedó exquisito y rindió bastante pues la carne se repartió con mesura.

Sucesivamente fueron degustando a los otros integrantes que no se identificaban como humanos. Inicialmente lo hacían cuando morían, pero al empezar a recuperar las fuerzas, las muertes se fueron espaciando y entonces volvió a rondar el fantasma del hambre. Un ciclo sin fin.

De nuevo el Comité Municipal de Ancianos se reunió y después de un acalorado debate que duró cuatro minutos se determinó que sería legal y válido matar y comerse a algún "animal", "vegetal" o "indefinido XYZ".

En esta ocasión no se consideró consultar a las masas porque ya estas habían tomado la iniciativa, —mientras transcurría la magna reunión—, y estaban desollando alegremente, junto a una gran olla con agua hirviendo, a uno de los "jabalíes" que habían cazado desapercibidamente en la entrada de su choza.

Desde ese momento, fue válido cazar a los "jabalíes", "patos" y otros "animales", cosechar a los "tulipanes", "marpacíficos" y otros "vegetales"; así como abatir y procesar a los "indefinidos XYZ".

La carne humana fue incorporada definitivamente a las preferencias culinarias de la tribu.

Cuando se acabaron los "animales", "vegetales" e "indefinidos XYZ" cualquiera podía ser el escogido para desayuno, almuerzo, merienda, comida o cena. Había que estar a la viva y no fiarse de familiares ni amigos. Ahí surgió el dicho: *"El que Pestapierde, Ñea"*.

La atmósfera se puso más tensa que las tiras del corsét de una gorda celebrando los quince años, pero finalmente hubo un acuerdo honorable entre caballeros caníbales. Según el mismo, se podían comer solamente a los prisioneros de las tribus enemigas y, si no había prisioneros, a cualquiera que se encontraran, siempre y cuando no tuviera ningún vínculo sanguíneo o afectivo con la tribu.

Explorando el Mundo Exterior

Cuarenta años después
aún tengo las manos hinchadas
Arnaldo T. Méndez

Aclarado el punto gastronómico sigamos con el día a día de los recién llegados. Esta isla les desinhibía pues se encontraban lejos de las tradiciones y tabúes de sus lugares de origen, así que los más jóvenes vieron una oportunidad única para corretear a sus anchas, escasos de taparrabos, a sus mujeres y, de paso, a las que se habían quedado viudas en la travesía, que portaban a veces los minúsculos cubretotas tradicionales, por las playas afrodisiacas antes descritas.

En esta drástica e inteligente determinación de no regreso también influyó que la mayoría de las canoas sobrevivientes (el 98.2 por ciento, uno de los pocos datos en que concuerdan varios historiadores) no estaban en condiciones técnicas de regresar.

Se dieron, entonces, a la ardua tarea de talar árboles con las hachas petaloides que traían. La idea era construir nuevas embarcaciones que reemplazaran las perdidas. Pero les pasó tanto tiempo en esa actividad que se olvidaron para qué estaban talando y ahuecando los troncos.

Esas hachas, que habían importado para la ocasión, se conocen en la literatura especializada como *"largas y tendidas"*. Muchos historiadores confunden el origen de esta denominación y lo asocian a la forma del instrumento. Error. Lo que en realidad sucedió fue que las susodichas hachas pasaban más tiempo reparándose en el consolidado, que funcionando. Por esa causa, las tareas de construcción se les hizo *larga y tendida*, y de ahí que fueran bautizadas como las *Hachas Largas y Tendidas*.

Algo en lo que no se han puesto de acuerdo los estudiosos es si las susodichas hachas, que realmente hacían más bulto que cortar eficientemente, eran importadas vía Temu directamente de China o producidas en el reinado de Bololandia (*Tierra de los Bolos*, en cirílico), como se conocía en esos tiempos remotos el país que después degeneró llegando a ser la extinta Unión Soviética.

Ambos países se han caracterizado inequívocamente por la exquisita calidad de sus producciones. Pero ese no es un elemento muy relevante para nuestra historia.

Una aclaración importante que sí es necesario hacer es la relacionada con el estereotipo de los historiadores al decir que: *"los indios cubanos no eran tipos de pelo en pecho."* La explicación de esto es sencilla.

Los taínos tenían una cultura del aseo, orden y estándares de apariencia que les exigía arrancarse y afeitarse todos los pelos indeseados. Esto incluía bigote, barba, pecho, espalda, piernas, pubis y todo lo que seguía al sur. Para estos menesteres usaban fundamentalmente las conchas conocidas como *Leningrad* y rústicos cuchillos de piedra negra sin afilar marca *Neva*.

A pesar de todos los contratiempos iniciales, y de las incursiones inolvidables de los Caribes, lo cual influyó definitivamente en la formación del carácter seco, directo y de pocas palabras —y menos oraciones— del indio autóctono cubano, las cosas les comenzaron a ir bien, ironías de la vida.

Se establecieron en un territorio virgen con vastos y exuberantes recursos (buen clima, raras polimitas, frondosos bosques y ... más nada; porque de oro, plata, silicio, bitcoins, esmeraldas, petróleo y otras commodities no había nada).

Es interesante cómo la gente se conforma con poco, incluso piensa que vive en los Jardines del Edén porque no tienen ropa, zapatos ni nada material en estado decente. Ese error filosófico a nublado la percepción que tienen los cubanos del lugar donde viven. El fenómeno ha estado presente en todas las generaciones, manifestándose más fuertemente en este Siglo XXI.

Volviendo al tiempo que nos ocupa, incluso la técnica conocida como *Tras la Huella del Pato* se había ido perfeccionando y ya tomaba solamente diez intentos de cuatro horas cada uno para atrapar un pato, lo cual los situaba entre los primeros de la región. ¿Qué podía salirles mal?

La causa era simple: la envidia de los vecinos, disfrazada bajo el pretexto de migraciones, perturbaba la paz. Así, comenzaron a llegar visitantes de todos los rincones, estableciéndose una costumbre muy arraigada entre los cubanos. Es común que, de repente y sin previo aviso, familias de La Habana reciban la visita de parientes del interior del país. Estos visitantes suelen traer suficientes suministros para dos personas durante una semana, pero, en realidad, llegan en grupos de cinco y extienden su estancia por varios meses sin regresar a sus lugares de origen.

Un detalle sobre este tema, los parientes arribantes pueden ser tan cercanos como la exesposa de un primo segundo de tu abuela, la cual viene con su nueva familia a la que nadie conoce ni tiene la más mínima relación, pero clasifican como "parientes lejanos".

La creatividad para fabricar justificaciones para este "fuego amigo" pueden ser varias, pero la más socorrida es un turno con un especialista médico de cualquier especialidad, lo cual es imposible de conseguir en su provincia de origen. Después de la consulta inicial vienen las inacabables citas para el clásico seguimiento con el galeno.

Volviendo al tiempo que nos ocupa una vez más, según los registros consultados de la Aduana General de la República, las oleadas de migraciones que siguieron fueron varias y de grueso calibre.

Aparte del mercado tradicional de visitantes de Mississippi y Florida, los cuales ya tenían, y conservan en nuestros días, vínculos estrechos con los ya establecidos en la Isla; por ejemplo, alrededor del 2500 (a. C.) se empezaron a vender paquetes de turismo ecológicos especializados para pescadores de plataforma y recolectores de litoral para incentivar otros mercados emisores como México, Honduras y Venezuela que visitaban y, de paso, se establecían principalmente en la costa sur del país.

En esos tiempos era relativamente fácil para los extranjeros obtener la Residencia Permanente en Cuba. Con el paso del tiempo este proceso dejó de existir, fundamentalmente, por la falta de interés de los extranjeros para establecerse en la Isla.

Así mismo, del barrio, es decir, de la cuenca del Caribe, siguieron viniendo en sucesivas oleadas y asentándose donde encontraran terreno propicio y, sobre todo, donde no los encontraran las demás tribus cercanas, que como dice el viejo refrán hebreo: *si no sabes los gustos alimentarios de tu vecino, mejor no los averigües*.

De esa forma la alimentación cambió, en ayuda de la yuca llegó el maíz. También, y en dependencia del barrio de donde eras, surgieron distintas denominaciones de origen: los taínos, las locas, los caribes, los habaneros, los gothicos, los siboneyes, los reparteros, los pinareños, los guanajatabeyes, los chivatientes, los santiagueros, etc.

Como es lógico suponer, todo este movimiento migratorio desordenado y frenético constituyó un motivo de stress sostenido para los oficiales de la Aduana General de la República de Cuba. Esto explica el carácter enérgico, intransigente y agriado que exhiben los representantes de esa institución actualmente; los cuales, por tratar de cumplir la Ley, no escatiman en maltratar a los arribantes, sin diferenciar entre delincuentes o viajeros normales.

Maltrato parejo por la libre y al gusto, sin medida ni discriminación por sexo, raza, grupo étnico, país de origen, religión u orientación sexual.

Punto y aparte merece la referencia al tabaco, planta de crecimiento noble y elegantemente dañina para la salud que siempre ha acompañado al cubano, —junto a la yuca—, en todos los momentos trascendentales de la historia.

Aunque el tabaco vino desde Jamaica, junto con otras yerbas fumables, rápidamente se convirtió en el compañero inseparable de los indios cubanos, que la utilizaban en todas sus ceremonias, así como en los juegos de dominó, parchís y areíto que organizaban los fines de semana.

En un giro que pudo haber alterado de manera significativa el curso de la historia del país, un grupo de la tribu del norte se reunió en una tarde lluviosa, a las 5:12 pm, para tomar una decisión trascendental. Inspirados por el deseo de explorar y, si fuese posible, asentarse en nuevos territorios, acordaron que querían experimentar el turismo y adoptar un estilo de vida 'normal', como el resto del mundo. Este momento, cargado de expectativas y ambiciones, marcó un antes y un después en su historia colectiva.

Este momento, cargado de expectativas y ambiciones, marcó un antes y un después en su historia colectiva.

Se cuenta que después de muchas discusiones el Comité Central de Ancianos, también conocido como los Mandantes en Jefe, decidieron aprobar dos destinos inicialmente, a ver cómo se desarrollaba esta petición inusual: Oeste (México) y Norte (Florida).

Es así como el cacique Yumurí y 8 de sus hermanos prepararon sus naves más modernas (canoas con 16 remos en línea por cada banda) para ir al Oeste. Para el otro destino se ofreció el cacique Man-ol-ito, de la aldea Trabuco, que contaba con una tecnología

similar. Y allá partieron ambas expediciones con las canoas carga-
das de agua, limones, alimentos secos, protectores solares de 70+,
algunos patos y muchas tortas de yuca. ¡Y dale con la yuca!

Desafortunadamente la experiencia inicial de los isleños de viajar al exterior y conocer el mundo y, de paso, establecerse en otras
tierras fértiles, no tuvo los resultados esperados.

Dos meses y medio después de la vitoreada partida, según el Ca-
lendario Juliano (de uso muy extendido en esos tiempos en la zona
norte del país); regresaron, —más bien la marea les hizo el favor de
estrellarlos contra las costas cubanas—, dos de los hermanos de Yu-
murí, tan maltrechos como queda la gente que el toro de los sanfer-
mines los pisotea, y con una cara de susto digna de haber visto Saw
III en RealD 3D D—BOX.

Siete días de recuperación en terapia intensiva, —lo máximo que
pudo cubrir el seguro médico colectivo de la tribu—, necesitaron
para poder transmitir el mensaje de que, en México, a pesar de tener más desarrollo y construcciones que parecían rascacielos trian-
gulares, se gastaban un carácter de cero tolerancias.

Relataron que, al ellos llegar, les habían dicho, —clara y sencillamente—, que en ese momento no estaban aceptando nuevos habitantes, a no ser los nacidos en el lugar, por lo que le negaron algo
que se llamaba Permiso de Internamiento, y fueron declarados algo
así como inmigrantes irregulares.

Los únicos dos supervivientes de la expedición, sin duda, se con-
sideraron extremadamente afortunados por haber regresado con
vida, a pesar de que fallecieron un mes después de su regreso. Su
suerte contrastaba drásticamente con el destino de sus compañeros, quienes sufrieron un fin trágico: les extrajeron el corazón con
cuchillos de piedra en rituales de sacrificio al Sol, mientras aún estaban vivos, manifestando su dolor y miedo de formas visibles y au-
dibles."

De esa forma, los mexicanos (que en ese tiempo se llamaba así mismo Aztecas y nadie sabe por qué) se habían ahorrado de liquidar a algunos connacionales, los cuales guardaron a buen recaudo para la próxima temporada de sacrificios al Sol.

Con esta experiencia negativa, todos en la tribu dieron por muertos seguros a los de la excursión al Norte. Pero se equivocaron. Como otros tres meses después de la llegada de lo que quedó de la banda de Yu-murí, unos recogedores profesionales de conchas de litoral se quedaron de una pieza cuando vieron arribar una canoa pintada con pigmentos rojos (quizás extraído de los mangles rojos, pensaron) con unos petroglifos en los costados que se leían más o menos USCGC, de dimensiones tan grandes como ninguna de las que habían visto hasta ese momento.

De la misma bajaron Man-ol-ito y toda su gente. No parecían magullados ni asustados, lo que asombró más a los recogedores de conchas. La gente de Man-ol-ito después relataron que hicieron una buena travesía y que cuando llegaron los trataron muy bien, a pesar de la barrera del idioma, incluso les cambiaron los taparrabos que llevaban por unos más modernos sin pedir nada a cambio.

Lo único criticable fue el tema culinario porque a pesar de que conocieron otros platos y la comida era abundante, ellos siempre extrañaron los platillos a base de yuca. No hay nada como las tradiciones, los muchachos siempre fieles a sus raíces, de yuca.

Lo que los desconcertó de las tierras del Norte fue que, a pesar del trato recibido, les dejaron saber de manera firme y sin discusión posible, que debían regresar. Eso tampoco era un problema, pues ellos les dieron un aventón en esas inmensas naves de 1024 remos en V que avanzaban muy rápido. La razón que les dijeron era algo que sonaba como que *"No calificaban para Pies Secos, Pies Mojados"*.

Inicialmente creyeron que era por el "problema" de los hongos en los pies por tanto tiempo los pies en el agua para cazar los dichosos patos, pero a ciencia cierta no se explicaban por qué los habían devuelto.

Esta expedición no resultó tan desafortunada como la de los hermanos de Yu-murí, pero tampoco había conseguido el objetivo principal de probar el mundo exterior y establecerse en otras tierras.

Como era de esperar, el recibimiento oficial fue apoteósico, —extendido por una semana sin parar—, donde hubo de todo; desde la final de la *Super Jícara* del campeonato de Batos, demostración de habilidades en *Tras la Huella del Pato*, nuevas variedades de platos a base de yuca (yuca al ajillo, yuca napolitana, yuca gordon blue, yuca canciller) y, —por supuesto—, barra y fuma abierta. Todo el jolgorio estuvo amenizado por la famosa Camerata *Las Chicas del Tubo*.

Cuando ya las aguas tomaron su nivel, se impuso consultar a los que podían explicar esa actitud tan rara e incomprensible de los vecinos del Norte.

Después de varias teorías que resultaron indefendibles, la explicación más cercana a la verdad la dio un venerado sacerdote procedente de la región conocida por Guan-aba-coa. Dice la leyenda que todos lo rodearon y este personaje, un nativo de quinta generación, de muchos años y escasos dientes, después de oírlos varias veces, y de darle sus buenas "patadas" a la fuma de un espléndido Cohíba torcido a mano, les dijo una frase críptica: ***tenemos que convertirnos en cubanos***.

Los demás, aletargados por el humo del Cohíba (y quién sabe de qué otra yerba paralela de las que te ponen extremadamente contento y no sabes el por qué lo estás) no entendieron lo que había dicho el vidente y le cuestionaron a qué se referiría con eso de convertirse en cubanos, y si era lo mismo de convertirse a una religión como hacían los judíos para que no les dieran candela los cocineros incendiarios de la Iglesia Católica.

Chatyipity, que era el nombre del sacerdote, los miró entre la humareda del Cohíba y las otras yerbas dizque recreacionales y, antes de quedar totalmente aletargado, les dijo: ***primero tienen que descubrirnos, y eso va a tomar tiempo.***

PASÓ EL TIEMPO Y LLEGARON

¡Cristóbal, eres la hostia!
La católica Isabel

Y, como en cualquier historia que tenga rigor científico y que se respete, alguien se decidió a descubrir la Isla que hasta ese entonces los bucólicos y más o menos pacíficos pobladores llamaban "Colba". O algo que sonaba así, según entendieron los cansados y maltrechos españoles, que fueron los que al fin y al cabo se tomaron el trabajo, —entre guerra y guerra con los vecinos allegados y con los distantes también—, de venir a descubrir la Isla, incluida en el paquete Todo Incluido Diamante del descubrimiento del Nuevo Mundo.

Un esperado primer paso para que un tiempo después se cumpliera la profecía de llegar a ser **Cubanos**, como anhelaban los nativos, lo cual les garantizaría obtener algunas prebendas migratorias en otras tierras, con solo invocar este gentilicio.

Pues bien, el 27 de octubre de 1492 llegaron a costas cubanas por la zona de Bariay, las tres naves españolas: La Pinta, La Niña y la Santa María, comandadas por Cristóbal Colón, quien desembarcó al siguiente día, sobre las 11 y 32 de la mañana según se refleja en el blog personal del navegante Rodrigo de Triana.

Colón vistió para la ocasión el mejor de sus atuendos: camisa ancha, guarabeada, de nylon, estilo Manhattan, y un soberbio pantalón de punto color pastel, de pata ancha. También tenía la inspiración poética en su punto, lo cual le hizo exclamar la controversial frase: *¡Esta es la tierra más hermosa que ojos humanos han visto!*

Según el Libro de Récords Guinness, Edición 1492, página 12; a Colón le corresponde el mérito de ser el protagonista indiscutible del primer acto de guataquería que se tiene registrado en la historia de Cuba y del Nuevo Mundo, cuando denominó a la isla recién descubierta como Isla Juana como deferencia al príncipe Juan, heredero de la corona española.

Llegaron los ibéricos con sus grandes barcos, ropas vistosas y tecnología ultramoderna para la época, cosas las tres que deslumbraron a los nativos a primera vista. También trajeron espadas, dagas, arcabuces, ballestas y otros utensilios, cuyo uso fue debidamente notado y experimentado en carne propia por los aborígenes, literalmente, un corto tiempo después, cuando los peninsulares empezaron a usarlos con alarmante regularidad y singular destreza.

Realmente los españoles habían estado dando vuelta por las islas de los alrededores hacía unos cuantos días y cuando desembarcaron en Cuba seguían tan perdidos como monaguillo en un burdel a las diez de la noche de un sábado.

Los peninsulares estaban convencidos, con su Almirante Cristóbal Colón incluido, que estaban llegando a las Indias o quizás a China. Y cuando un español, si este fuera de la zona de Galicia aún más, está convencido de algo es mejor dejarlo con su certeza que tratar de razonar con él.

El caso del Gran Almirante de la Mar Océana, o simplemente Cristobalillo como le decían en el vecindario, es un clásico de lo que sucede a las celebridades reales, no a los famosos de la farándula.

En vida no fue muy aclamado, más bien todos le trataban con cierta reserva porque era un tipo que no pertenecía a la nobleza y, para colmo, no tenía en el bolsillo un duro (ni blando) y exigía el 10 por ciento de lo que descubriera.

Después que se mudó al *Santo Barrio de Los Bocarriba*, es que los historiadores se decidieron a darle un trato algo más digno a su figura y quehacer.

Para ser justos con Cristobalillo, se debe admitir que desafiar las fuerzas de la naturaleza sin siquiera un GPS de primera generación y, de paso, llevarle tan descaradamente la contraria a los cocineros de la Santa Inquisición; no tenía más explicación que una de las siguientes: debía de estar poseído, haber tenido tremenda bronca con la mujer, ser un tipo con tremenda idea fija o simplemente portar un buen par de huevos para montarse en las cáscaras balanceantes conocidas como carabelas en un viaje a lo desconocido, rodeado por una tripulación de la que solamente el 0.08 % compartía sus convicciones.

El 99.92 restante se había enrolado para pasar un buen rato en altamar, y probar fortuna, según se puede leer en la página 38 de la *Real Encuesta de Consumo Sustentable de la Corona Española, año 1492.*

El punto más peliagudo era el de llevarle la contraria a la Iglesia Católica, Apostólica y Romana en aquellos tiempos, con el tema de la redondez de la Tierra. Con esa audaz idea, se expuso a ser analizado en una temible y "santa" reunión donde le impugnaran el espíritu crítico y autocrítico y, posiblemente, le aplicaran la sanción de *Cocinado a Fuego Lento en Público*, que era el equivalente, en esos tiempos, a las Amonestaciones Públicas. Métodos distintos pero resultados similares. Variantes de cada época.

Aunque los orígenes de Colón son oscuros y todavía se discuten, que si genovés, que si portugués, que si español; incluso hubo un estudio que lo ubicó como inscrito en el Registro Civil del Cotorro, pero esa teoría no prosperó; sí es innegable que su hazaña abrió las puertas al Nuevo Mundo, un continente lleno de oportunidades para los colonizadores de España y los que vinieron llegando después: Portugal, Inglaterra, Francia, Holanda, Estados Unidos, la ex Unión Soviética, China y Rusia, más o menos en ese orden.

Sin embargo, hay que señalar que el continente al que Colón llegó *"primero"* —según la propaganda occidental de ese tiempo— ya había sido visitado por varias migraciones que entraron por el Estrecho de Bering, los alienígenas por Perú, los polinesios al Sur, los vikingos al Norte, y quien sabe de dónde más.

Para más vergüenza, el continente lleva el nombre en honor de Américo Vespucio, un socio que ni se arriesgó ni descubrió nada, solamente dibujó unos mapas sin mucha escala ni precisión. Pero la vida te da sorpresas, que lo diga Colón.

En la rueda de consolación y para que no se fuera con las manos vacías, porque lo importante no era ganar sino competir, como le explicaron a Cristobalillo, nombraron a Colombia, —el país con la fértil tierra de los sueños con olor a yerba y sagrada cuna de San Pablo de los Capos—, en honor al Almirante.

Como si no fuera poco que nadie se preocupara por determinar los orígenes y, después, agradecer debidamente la gesta de marino tan destacado; tampoco el lugar donde descansan sus huesos está definido a ciencia cierta. Hay una discusión nada sepulcral entre los cementerios de las ciudades de Santo Domingo, Génova y Sevilla para determinar el destino final del Gran Almirante.

Mas de 500 años después, todavía no se han puesto de acuerdo.

Pero como dice el dicho: *"Al César lo que es del César y lo que no, también"*. Así que en verdad el viaje de Colón fue como ir al mercado a buscar pan y regresar inexplicablemente con una caja de cerveza. Planeó llegar a las Indias Orientales viajando hacia el Oeste, lo que nunca imaginó que iba a descubrir otras Indias, pero de carne y hueso y poca vestimenta, las Occidentales.

Si hubiera demorado un poco más la expedición, como 422 años solamente, habrían encontrado hecho el Canal de Panamá por el cual hubiera seguido tan campante como había llegado y encontraría las susodichas y esquivas Indias Orientales. Pero todo no puede ser perfecto.

Incluso los reyes de España, el apuesto Fernando y la feroz Isabel, estaban tan confiados y seguros que Colón iba por el camino correcto que le habían dado cartas personales para el Gran Khan. Decidieron utilizar a Colón de cartero pues ya en esos tiempos el correo regular había ganado la buena fama de ser lento y perder frecuentemente cartas y paquetes.

Fama que el correo ha sabido conservar fielmente, y con mucho celo, hasta nuestros días en la mayor de las Antillas.

Esa es la razón que prefirieron mandar la correspondencia para Mr. Khan con Colón, convencidos de que llegaría más rápido y segura.

La idea básica económica de la excursión náutica de Colón era encontrar la forma de llegar a las especies y telas exquisitas del lejano Oriente sin tener que lidiar con los incómodos turcos y otros demonios que les hacían los caminos tradicionales largos y peligrosos.

Ni hablar de los precios, que estaban más peligrosos que los caminos. Sobre este particular, dice el historiador griego Ade F. Esio que *"el precio más barato por la vara de seda en pie que he encontrado es de alrededor de doce bitcoins con cincuenta centavos"*. Imagínense el costo para vestir a una gorda.

Cuentan los cronistas de la época que Colón regresó cargado de varios artículos novedosos, los cuales presentó a los Reyes de España como imprescindible *Hago Constar* del descubrimiento. Entre lo comestible o fumable destacaban: ñame, boniato, algodón, unos Cohíbas que incendiaron las cortes europeas rápidamente, cocos, calabazas y aceite de palma.

También trajo animales: perros, conejos, lagartos, un cocodrilo disecado (por problemas de seguridad) y seis indios. Los indios venían vivos, pero debidamente amarrados.

En vez de quedar asombrados por tantas cosas nuevas y pensar en las posibles utilidades de comerciar con algodón con Holanda o vender colas de cocodrilo a los ingleses; la Reina hizo un aparte con Colón y le preguntó directamente, con un tono coloquial y los ojos románticamente entornados, —actitud que no pasó desapercibida y levantó fuertes rumores de que entre ellos había una relación más estrecha y apretada que una licra a media pierna—, *"¿Y lo mío para cuándo?* Colón parpadeo y sintió una picazón en la ingle que la mismísima Isabel le quitó a continuación: *"¿Qué bolá con el oro?"*

Cuando la realeza quiere ser directa va al oro, digo, al punto. No usa paños fríos, tibios ni calientes.

Volviendo al Caribe y los nativos, a simple vista parecería que los aborígenes se habían sacado el *Progressive Jackpot* con la suerte que lucen los primerizos que nunca juegan y el primer día la pegan.

Según los estudiosos, en ese momento la Isla estaba en el período medio de la llamada *Civilización de la Yuca,* que era lo único que cultivaban en los patios y jardines de los bohíos, dirigidos por los caudillos de los barrios. Tiempo después comenzarían a cultivar calabazas y hacer estanques para criar peces, siempre liderados por los caciques de las cuadras.

Imaginen entonces ser descubiertos por la principal potencia del mundo de ese entonces. Tremendo orgullo para mostrar a los de otros territorios, simples mortales descubiertos por conquistadores de tercera categoría, provenientes de sitios con menos pedigree y rimbombancia.

Además, iban a formar parte de la comunidad de más de 550 millones de hispanoparlantes que habitan a lo largo, ancho y achatados polos de la esfera que se conoce como la Tierra. Ese dato numérico, por mucho que se repita, nunca le ha hecho ninguna mella a los chinos y los hindúes.

Que la monárquica y retrógrada España, —que se resistió como gato bocarriba a salir de las costumbres medievales y avanzar hacia el futuro luminoso de cambiar las arcaicas relaciones feudales de avasallar a los campesinos por las más modernas de exprimir a los proletarios— fuera la que marcaba el paso del mundo en ese momento demuestra que este planeta desde siempre, hasta el presente, y en un previsible futuro, ha estado jodido por los humanos con sus valores invertidos.

También se aplica una lógica simple: los que más leña dan, están en el poder, dictándoles a los demás hasta lo que deben de comer en el desayuno, si es que hay algo para desayunar. *¡Joder!*

Como ya hemos visto, y siempre según los mismos historiadores españoles, ellos tenían a raya a todo el mundo conocido de ese entonces y gozaban de una aureola de honor y fiereza por haber estado dándose mandanga de la buena, de todo tipo, color y calibre por unos cuantos siglos con todo el mundo que les había habitado relativamente cerca. Si no lo creen pregúntenles a los franceses, ingleses, holandeses, moros y demás vecinos del mar Mediterráneo.

Pero la cosa no era tan así con los que arribaron al Nuevo Mundo. Aparte de dos o tres marinos profesionales, con algo más de vergüenza que experiencia, las tripulaciones de las tres conocidas carabelas eran la morralla social que se había echado a la mar para probar fortuna.

Eran una mezcla de fiero perro de pelea cantábrico al que lo han venido apaleando en cautiverio durante toda la vida y un maravilloso día le abren la puerta y se encuentra rodeado por inocentes y juguetones cachorros de otras especies.

Para entender esto hay que situarse en que eran gente principalmente de origen campesino donde el señor feudal, —legítimo dueño de la tierra, la cosecha y la mujer del labriego; en ese orden de importancia—, hacia lo que quería con las tres cosas sin limitación alguna.

Como si el cuadro ya no tuviera suficientes y gruesos pespuntes negros, los buenos curas del convento más cercano se encargaban de meterle todo el miedo posible al Señor. Miedo necesario para que aceptase su destino y no chistara cuando le cobraban el diezmo de lo poco que les dejaba el otro señor (el feudal, más terrenal y con minúsculas, pero tan serio y exigente con lo suyo como el que va con mayúsculas).

Con este coctel genético-social, buscando salir de la pobreza y la salación garantizada que tenían en el terruño natal, no era muy fácil lidiar. Acabados de llegar, en plan de pioneros exploradores, estuvieron bastante controlados por los que estaban al frente de la expedición y que, con mayor tino y visión, aspiraban a cargos reales en las nuevas tierras y no se iban a contentar con el tropelaje sexual y el forrajeo barato de la tropa vulgar.

La situación fue tornándose más interesante y movida cuando encontraron algunas pepitas de oro en posesión de los nativos y después en algunos riachuelos esparcidos por los alrededores. Aunque la fecha no se ha precisado, ese es el momento que marca el inicio oficial del trueque desigual y descarado en el Nuevo Mundo.

Este tipo de intercambio entre vivos y bobos se ha mantenido, e incluso incrementado con el paso de los años, en el comercio entre los Estados de otras latitudes con los países del continente americano.

Como es de suponer, los locales siempre han llevado las de perder: entregaban las pepitas a cambio de interesantes baratijas. No contentos con la estafa, los ibéricos aún les regateaban ferozmente. Verdad que se pasaban,

Incluso por un espejito pequeño (que fueron un escándalo entre las indias y los indios de dudosa moralidad según los cánones de la época) lograban como 10 pepitas.

También intercambiaban el oro local por otras chucherías y artículos de poca monta que habían traído a bordo, entre ellas horribles figuritas de yeso, peines de segunda mano, juegos de monopolio usados y pellizcos plásticos para el pelo.

El descubrimiento de las pepitas alborotó el avispero en España cuando, unos meses después, regresaron los conquistadores llevando las susodichas pepitas, a unos indios como testigos presenciales de que todo lo que contaban era verdad y, por supuesto, la buena parte que le correspondía de las pepitas a los reyes.

Aclarando, los reyes se denominaban católicos, pero estaban tan al tanto de su bolsillo como si el trono estuviera situado en el centro de Wall Street.

Ahí mismo los integrantes de la sociedad española perdieron el miedo a caerse al final del "plano" mundo, como afirmaba y mantuvo estoicamente la iglesia católica hasta finales del Siglo XX. Incluso la Iglesia, astutamente, se quedó tranquila mientras sacaba cuentas del provechoso descubrimiento.

Aparecieron miles de voluntarios a enrolarse en las próximas expediciones para llevar bien en alto el nombre de España, engrandecer la gloria de los reyes católicos y, de paso, conocer personalmente a las indias y participar en el intercambio cultural y económico desigual que se había puesto de moda en el Nuevo Mundo.

Hay que notar que esta fiebre del oro conllevó un alto costo social en España. De ese tiempo datan las primeras denuncias por violencia doméstica que se conocen en la península ibérica.

La totalidad de los casos fueron puestos por las amas de casa contra sus esposos, concubinos, amantes de turno y demás figuras jurídicas relacionadas, debido a las acaloradas querellas hogareñas ocasionadas porque, de momento y sin reemplazo a la vista, miles de casas españolas se quedaron sin espejos, peines, pellizcos plásticos y otras menudencias de diario uso.

Así que empezaron a llegar por oleadas a las cálidas costas cubanas, y a las otras tierras del llamado Nuevo Mundo, caravanas tras caravanas de conquistadores. Vaya, se puso de moda lo de viajar a hacerse selfis en el Nuevo Mundo junto con las nativas.

Ese furor turístico solo puede ser comparado con las cifras de los concurridos viajes a Centroamérica protagonizados por los cubanos, que comenzaron alrededor del 2018, para apreciar la majestuosidad de los volcanes de esa región.

El ecoturismo viviendo los años dorados de su existencia.

Un paraíso bajo las estrellas

Trabajar nunca mató a nadie,
pero no tientes la suerte.
Cacique Habaguanex

Volviendo a la conquista, el débil equilibrio social entre los nativos y los recién llegados se fue a bolina y la recién establecida relación aborigen-conquistador colapsó definitivamente cuando los recién llegados se dieron perfecta cuenta que con su avanzada tecnología del Medioevo eran los dueños de las tierras y de las tiernas criaturas que corrían sin amparo legal o de ropa alguna por las playas, quebradas, llanos, maizales, yucales, etc. Y sonó el pitazo que inauguró el despelote oficial, certificado por la Corona Española y ejecutado diestramente por los especímenes que ya conocimos en el capítulo anterior.

Vale señalar que el saqueo del Nuevo Mundo fue al por mayor y sin vergüenza: oro, plata, tabaco, piedras preciosas, maderas también preciosas, algodón, etc. Para tener una idea del saqueo real y continuado, aparte de las piedras preciosas, también cargaron con las otras piedras, —los seborucos comunes—; las cuales eran utilizadas inicialmente de sobrecargo en los barcos que regresaban desde América, y después se usaron para empedrar calles y plazas de España, como algunas que aún existen en Cádiz. De ese entonces es la famosa frase del Marqués de los Lucas: *¡Todo lo que te den, cógelo!*

Como era de esperarse, los nativos llevaban la peor parte en la relación con los extranjeros, una noble costumbre del pueblo cubano que resurgió con gran fuerza a partir de los finales del siglo XX. Los españoles de a pie, que ya sabemos que estaban hartos de pasar más trabajo que un grillo verde en medio del desierto del Sáhara, decidieron hacerles probar a los nativos lo que era sentirse mal en su propio país. ¡No se diga más!

Uno de los cursos impartidos, —didáctico, sencillo y presencial—; consistía en poner a los hombres a trabajar, acompañados por las mujeres viejas y los niños, sin retribución alguna, durante extensas jornadas los primeros 365 días de cada año. El objetivo era la búsqueda y captura de pepitas o de cualquier otra piedra preciosa que estuviera al alcance.

El otro curso era enfocado más en la parte humana. Consistía en poseer, desaforadamente, a todas las indias jóvenes y apetitosas que no eran convocadas al trabajo obligatorio. En este curso se usaban todas las formas posibles de la versión castiza del Kama Sutra, al estilo europeo.

Las nativas más aplicadas tenían la posibilidad de obtener sífilis, gonorrea y ladillas; como complemento adicional sin costo extra.

El ambiente relajado y tropical, con mínima supervisión, fue algo muy bien apreciado por los recién llegados. Está bien documentado el caso del apodado "Conquistador Supremo de Las Indias" Vazco Porcallo que, si bien era conocido en su natal Galicia como *"El Corto"*, logró procrear alrededor de 200 hijos con distintas indias en Cuba.

Pero las malas noticias eran para repartirse parejas, había también para los recién llegados. Resulta que las pepitas cubanas eran pocas y se acabaron rápido. Otras piedras, como los seborucos y cambolos autóctonos, había en grandes cantidades, pero desafortunadamente ninguna de ellas eran preciosas.

Ante esta inocultable realidad el estado de ánimo se comenzó a caldear, sobre todo entre los últimos de la fila, recién llegados que no alcanzaron ni las pepitas ni las indias prometidas.

—*Verdad verdadera que no tenemos suerte ni como conquistadores, chaval*; era una frase tan común entre los recién llegados que los mandos superiores de los colonizadores empezaron a preocuparse.

La comunicación entre los indios nativos y los colonizadores españoles era muy precaria. Mientras los primeros eran reservados y tímidos, los segundos eran bulliciosos y extrovertidos. Como los indios no tenían una escritura formal lo único que podían hacer los misioneros era apuntar fonéticamente las palabras que les escuchaban.

De esa forma han llegado hasta nuestros días los siguientes vocablos nativos: casabe, bohío, guagua, tabaco, maíz, peliculero, palmiche, maní, esternocleidomastoideo, batata, condón, bija, ropavieja, ají.

Actualmente el idioma taíno es una lengua muerta. La principal causa, según los conocedores, es que ninguna editorial europea se decidió a publicarles ni un solo libro, como consecuencia directa de las severas sanciones económicas y culturales impuestas en venganza por la falta de oro y otras piedras preciosas en la Isla.

En ese convulso escenario algún que otro nativo trató de enfrentarse a los desmanes de los descoloridos y barbudos conquistadores, pero invariablemente fueron despachados por la vía rápida, incluso sin leerles previamente sus derechos ni darles la oportunidad de hacer la llamada correspondiente.

De forma clara y de primera mano, o primer latigazo, los indios entendieron que esos conquistadores eran gente práctica y que, decididamente, no estaba para los tediosos juicios ni papeleos con los que la burocracia española enredaba a sus ciudadanos de baja categoría.

La colonia, que ya se había ganado ese nombre honorable, era otra cosa.

Entre las revueltas y revueltos el caso más conocido fue el del cacique Hatuey, que intentó organizar el movimiento Las Vidas Indias son Importantes. Además de enfrentarse frontalmente a los ibéricos al fundar la primera fábrica de cerveza en Cuba, lo cual disgustó a los españoles que eran más de vino que de cerveza; tuvo dos o tres éxitos iniciales en pequeñas escaramuzas con los colonizadores, pero al final no pasó a la Segunda Ronda.

Hatuey no contaba con que los españoles, a quienes no les gustaba trabajar mucho, fueran unos tipos tan ágiles y duchos dándole candela a sus semejantes. Tampoco conocía que cuando llegó a esta parte de la Tierra, La Santa Inquisición Española ya tenía la mejor hoja de servicio de la cristiandad y alrededor de treinta ediciones, todas Best Sellers agotadas, del libro *Cómo Cocinar Herejes y Otras Alimañas*.

La Inquisición había asado vivo a miles de judíos acusándolos de judíos, a moros acusándolos de moros, a españoles acusándolos de cualquier cosa. Las quemazones humanas eran calificadas G, un evento para la audiencia general, para toda la familia.

Mientras los asistentes disfrutaban del espectáculo, con sonido en vivo proporcionado por los gritos del que se retorcía atado al tronco cuando la candela iba arreciando y del olor inconfundible de la carne humana estilo BBQ, también podían adquirir refrigerios de ocasión y los comerciantes locales aprovechaban el evento para organizar ventas de garaje y ferias comunitarias donde vender sus mercancías sin descuentos ni impuestos.

Pues ya saben, a los españoles no les importó tampoco que Hatuey no fuera autóctono. Ni pensaron en extraditarlo hacia República Dominicana, que es donde había nacido. Según el Registro Nacional de Inmigrantes de ese quinquenio, al parecer Hatuey venía de esa tierra cercana.

Le dieron abundante candela, con los mismos deberes y derechos de un nacional, porque el susodicho estaba tratando de trancarles el dominó en Cuba.

Dice en sus memorias Fray Bartolomé de Las Casas que cuando le preguntó al indio Hatuey si quería un ticket gratis para el after-party con una comida incluida y todos los gastos pagos del viaje de solo ida para el Cielo; el susodicho, que ya notaba el calor en las partes bajas del cuerpo, le preguntó a su vez si los españoles iban también al Cielo.

Al escuchar la respuesta afirmativa del fraile, Hatuey declinó la oferta. Al parecer no quería ver ni en pintura a los españoles, menos aún tenerlos de compañeros de viaje, ni de vecinos en el Cielo.

El sabio fraile Bartolomé anotó en su agenda personal que Hatuey era un sujeto poco sociable y cerró ese caso.

Como vimos, la situación se estaba poniendo caliente, literalmente, en la Mayor de las Antillas, por lo que los indios, que eran unos tipos de estirpe noble y tranquila, bucólicos fumadores de tabaco y cultivadores de yuca, pero sin un pelo (recuerden que se depilaban totalmente) de tontos; finalmente, comenzaron a sospechar que los españoles habían llegado para quedarse, como cruda y acertadamente se los demostró la historia posterior.

Así mismo se dieron cuenta de que al paso vertiginoso que iban los acontecimientos, la obsolescencia programada y la extinción natural que estaba prevista para su estirpe (la Civilización de la Yuca, recordemos) como en trescientos años; a manos de los recién llegados, podría adelantarse abruptamente.

De esa manera comenzaron a correr el rumor, como el que no quiere las cosas, de que en las tierras más al Este, —donde como ya sabemos les habían dicho, y demostrado fehacientemente, que no aceptaban más habitantes y tenían cero tolerancias con los extranjeros ilegales/irregulares—, había oro y del bueno, de 18 a 24 quilates, con el que se podían hacer unas cadenas gordas que se vendían muy bien y eran conocidas como *Cuban Chains*.

De esta manera, los pocos indios que iban sobreviviendo lograron alargar algo su existencia a lo que estaba planificado y la isla de Cuba, que hasta ese momento había sido el principal receptor de visitantes foráneos, se convirtió en un fuerte mercado emisor de turismo en la región, el Turismo de Conquista.

Institucionalización y crecimiento

La agricultura da pena, la ganadería ganas de llorar,
y el latigazo que me diste lo llevo en el corazón.
Versos Sencillos

Dos décadas después del primer viaje de Colón al Nuevo Mundo se cortó, a todo bombo y platillo, la cinta inaugural y se inició formalmente la conquista de la isla por España.

Diego Velázquez de Cuéllar, un tipo que ya tenía una abultada cuenta bancaria, fue el bateador designado para esta real encomienda. Nótese que Don Diego también había ganado dos Gaviotas Plateadas en Viña del Mar por su actuación insuperable como colono de éxito en la vecina isla de La Española.

El Diego caminó por la alfombra roja, entre los flashes y los selfies, con toda la seguridad y el desenvolvimiento certero que le confería haber sido enviado por los mismísimos reyes de España como *Adelantado de la Corte para las nuevas posesiones del reino.*

Esta designación lo nombraba gobernador de Cuba, con la facultad de fundar villas y efectuar repartimientos de puestos, mercancías, indios y otros enseres menores.

De Diego Velázquez al Capitán General Adolfo Jiménez Castellanos y de Tapia, a quien le cupo el inmenso, envidiado e insuperable honor de entregar la soberanía de la Isla, no a los cubanos como indica la lógica, si no a los Estados Unidos, el 1.º de enero de 1898; transcurrieron 387 años (más o menos 141,255 días) de gobierno español en la isla de Cuba.

El Adelantado Diego Velázquez era un tipo de mucha acción y pocas palabras. Entrevistado por el medio digital *Cuyaguateje Today* sobre la importante tarea que le habían encomendado, dirigió este mensaje directo a los pobladores aborígenes cubanos: *"La vida es dura, pónganse casco".*

Desafortunadamente los indios no sacaron provecho de tan sabia recomendación porque muy pocos de ellos estaban suscritos a ese medio y la inmensa mayoría tampoco entendía muy bien el idioma español, ni la actuación de los españoles. ¡Y allá fue aquello!

Pues bien, el Diego, para demostrar que era el natural, el elegido perfecto, acometió de inmediato tan noble tarea con tesón y disciplina. También llevó soldados, perros rastreadores, arcabuces, ballestas, garrotes, picas, cuchillos y demás "asesores de la tranquilidad ciudadana".

Según cronistas cercanos a su gobierno, esta fue una prolongada y profunda operación de reconocimiento y conquista.

Si hasta ese momento solo se había visto el tráiler de lo que vendría después, lo que hizo Velázquez fue iniciar la primera temporada del crimen organizado institucional en el archipiélago cubano.

Según la prensa oficialista solamente se trató de algunos incidentes aislados y malentendidos puntuales entre Don Diego y sus nobles sicarios y la terca población local de indios; a la que sojuzgaron, torturaron, violaron y mataron sin darle mucha importancia al asunto.

Para disfrute y beneplácito de ulteriores administraciones impopulares en la ínsula, la tradición de convencer por la fuerza a los débiles y razonar con ellos usando la violencia no se perdió en el tiempo.

Todo lo contrario, cada una de las temporadas siguientes, —que todavía se mantienen con plena vigencia y gran audiencia en este siglo XXI—, de los gobiernos de turno en el panorama político cubano, insisten en llamar a los choques represivos sangrientos de "leves mal entendidos" con la obstinada y bruta población.

Evidentemente que todo depende del punto de referencia que se use y de qué lado del arma te encuentres.

Aclaramos que no importa si fueron gobernantes puestos por la corona Española, presidentes elegidos legalmente, usurpadores fraudulentos, peleles designados dedocráticamente por virtud del dedo del medio de la familia real imperante, o si fueron mandantes que tomaron el poder a la fuerza; todos siguieron la antigua costumbre de reprimir al pueblo y después echarle la culpa al mismo pueblo de todo lo mal hecho.

Obviamente, el desarrollo de la tecnología aplicada a las nobles artes represivas y la utilización de la ciencia de la psicología ha permitido ir diversificando las formas y métodos usados en los leves mal entendidos que se han ido sucediendo.

Que cada etapa posterior haya sido más sangrienta que las anteriores es el resultado de la aplicación de las técnicas más sofisticadas de cada época. Investigación + Desarrollo aplicado a la práctica, no se puede negar el paso al progreso.

En una línea paralela, pero con otro flow, se encuentra la omnipresente influencia ejercida por la Iglesia Católica sobre la naciente sociedad cubana, la cual es una de las tradiciones más fuertes heredadas de España.

También conocida como la compañía más exitosa y antigua existente (más de dos mil años, y contando, de operar ininterrumpidamente en el complicado y entrelazado mercado de las almas, el tráfico de influencias y las altas finanzas internacionales); la Iglesia Católica suministró los imprescindibles Comisarios para el trabajo político (en ese tiempo se conocían como sacerdotes o frailes), fundamentales para la monumental labor de colonización y sometimiento que se avecinaba.

Para ser sinceros, esta influencia e injerencia de la Sagrada Institución de las Almas y las Caridades ha sido universal. No hay pedazo del mundo que haya escapado a ella.

Por ejemplo, Paul Valery, en su prefacio a las *Cartas Persas* de Montesquieu afirmaba rotundamente que "*un cura me ahorra diez gendarmes*", que a las fuerzas de coerción directa hay que sumarles siempre fuerzas ficticias que inciten a la movilización voluntaria.

Dicho esto, no se puede acusar a la Iglesia de que haya hecho el trabajo sucio político-ideológico para los gobernantes en Cuba, porque es algo que esta sagrada institución ha hecho en todos los lugares donde ha estado presente. Así que es normal su accionar, no hubo ensañamiento ni alevosía extras con los nativos cubanos.

Incluso el nombre de las primeras ciudades de la isla refleja la influencia del Vaticano, aunque referirse a ellas como ciudades podría parecer generoso. Estos asentamientos eran más bien conglomerados de viviendas variopintas, organizados alrededor de una calle principal. En un extremo, siempre vigilante, se encontraba la iglesia local, y cerca, el parque correspondiente.

Este último era un espacio vital para la comunidad, donde, de manera casi ceremonial, todos los habitantes del pueblo se reunían para pasear las tardes de domingo, en un evento que incluía hasta pase de lista.

Así surgieron Nuestra Señora de la Asunción de Baracoa (1511), San Juan de los Remedios (1513), San Salvador de Bayamo (1513), la Santísima Trinidad (1514), Santa María del Puerto del Príncipe (1514), Sancti Spíritus (1514), San Cristóbal de la Habana (1515) y Santiago de Cuba (1515).

Con el tiempo los nombres de estas villas se fueron acortando por lo largo, enrevesado y pomposo de pronunciarlos. La evolución y el diario uso del lenguaje fue nombrando a los lugares y provincia con otras denominaciones que las definen mejor que el nombre fundacional.

Sin embargo, la influencia directa y las trabas solapadas de la Iglesia Católica a todo lo que no le conviniera de la vida económica, social, política y cultural del país se ha mantenido invariable por los siglos de los siglos. Amén.

Un fenómeno que es exclusivo de Cuba es que, aunque el país no ha crecido ni un metro en tamaño físico, como lo demuestran las mediciones periódicas satelitales, la cantidad de territorios administrativos ha continuado aumentando desde finales del siglo XX hasta la actualidad, lo cual no deja de avivar la curiosidad de los estudiosos que no pueden encontrar la lógica de este proceso.

Los especialistas en la materia lo han denominado *Expansión Relativa*, pero hay una corriente muy fuerte dentro del pensamiento esotérico que enmarca este crecimiento anómalo dentro de lo que se conoce como *Magia Negra de la Burocracia*.

Así tenemos que desde el nombramiento de las seis provincias iniciales ha llovido tanto que en la actualidad Cuba cuenta con 10 provincias más, para un total de 16; así como 169 municipios según la más reciente división político-administrativa.

Esto genera una abultada y parásita burocracia que goza de una salud excelente. Lo más alarmante y delicado es que el esquema y estructura de gobierno nacional se clona a nivel provincial, municipal y en las barriadas. Se sigue a pies juntillas una de las principales máximas socialistas *A menos recursos disponibles, más burócratas para controlarlos*.

También hay lugares que han trascendido en la historia popular por hechos históricos ahí acontecidos, por acoger espacios de interés turístico o por elementos arquitectónicos representativos.

La Habana es conocida como *"La capital de todos los cubanos"* dondequiera que estos se encuentren. No importa si viven en el país o si integran los más de tres millones de nacionales que se han mudado a otras latitudes y pueblan los más disímiles rincones de la geografía mundial, desde Alaska hasta Australia.

La "*ciudad primada*" es Baracoa, la primera villa fundada por los colonizadores españoles. Situada y olvidada al norte de la provincia de Guantánamo, próxima al extremo oriental de Cuba.

Matanzas es conocida como la "*ciudad bandera*", debido a que en ese territorio ondeó por primera vez la enseña nacional. También se le conoce como "*la ciudad de los puentes*", al valerse de muchas de estas obras arquitectónicas para permitir el paso por encima de los ríos que la atraviesan (San Juan, Yumurí y Canímar).

"*Atenas de Cuba*" es otro de los calificativos de esta provincia, lo cual se debe al nivel cultural elevado que sus habitantes dicen poseer en el ámbito de las artes, las letras, la educación y la ciencia.

Camagüey es la "*ciudad de los tinajones*", gracias al uso extendido de estos grandes recipientes en esa zona. Asociado con un recipiente andaluz, el tinajón camagüeyano tiene la particularidad de ser confeccionado con barro rojo procedente de la cercana Sierra de Cubitas.

Actualmente los tinajones pueden ser apreciados en jardines y patios de viviendas, formando una parte inevitable del paisaje urbano de esa ciudad. Estas vasijas de barro son usadas, desde los tiempos de la colonia hasta el luminoso presente socialista, para almacenar agua de lluvia con el objetivo de aliviar la escasez del preciado líquido.

Aquí encontramos otro misterio al que no se le da una explicación exacta por los entendidos y menos por los encargados de esa problemática en el gobierno. Resulta que, a pesar de que en Cuba llueve regularmente a cántaros (a veces hasta demasiado), el agua sigue escaseando en todo el país.

Obviamente hay tradiciones muy fuertes, tan arraigadas como la endémica falta del agua, que ni el paso del tiempo y miles de promesas logran cambiar.

Trinidad, por su parte, es conocida como la *"ciudad de los museos"*. Esa urbe cuenta con el mayor número de instalaciones de este tipo por cantidad de habitantes. Los más importantes se encuentran en su Centro Histórico. El Romántico fue el primero creado en ese lugar. Hay otros muy conocidos como el de Arqueología Guamuhaya, el Real Museo del Flan y el de Arquitectura Colonial.

Al ritmo actual de la emigración cubana hacia otros confines, el número de museos por habitantes se ha quintuplicado en los últimos años. En cualquier momento habrá un museo por cada habitante, sin haberse construido ninguno nuevo, lo cual se logrará con el necesario ahorro de materiales y mano de obra. Eso habla muy bien de la gestión económica y del fomento de la cultura nacional por parte de las instituciones gubernamentales.

Holguín, *"la ciudad de los parques"*, debe este nombre a un originario sistema de plazas, legado del trazado urbano colonial. En su centro destacan el Parque de las Flores, el del Jamonero, el Calixto García, el de La Claria, el Parque Martí y el San José. Cada uno tiene un diseño único, pese a que en todos existe una escultura o un obelisco.

Cienfuegos, *"la perla del sur"*, es la única urbe fundada por franceses en América Latina durante el tiempo de la colonización española. Nombrada inicialmente Fernandina de Jagua, es pequeña en comparación con otras, pero posee un encanto singular con sitios emblemáticos como el Paseo del Prado, el Malecón, Tumba y Deja, el Castillo de Jagua, la Punta de la Gorda y el Jardín Botánico.

También se comenta que las cienfuegueras son altaneras y muy orgullosas de haber nacido en esa ciudad, lo cual no tiene nada que ver con esta historia, pero no deja de ser un detalle cultural interesante.

Volviendo a donde nos habíamos quedado; como ya sabemos la industria fundamental en el territorio nacional se limitó inicialmente a una fallida búsqueda de oro, con algo de ganadería y una incipiente agricultura. Más de 500 años después el panorama es similar, incluso peor.

No importa haber pasado por varias formaciones sociales ni que algunos vecinos hayan mandado perros, astronautas, cosmonautas, incluso humanos del Tercer Mundo, al espacio exterior; orgullosamente el gobierno de turno sigue mostrando los "éxitos" de una penosa ganadería y una agricultura de subsistencia que, por sus exiguos resultados, ni se pueden comparar con la eficiencia de los primeros colonos.

Según señala el prestigioso Grupo Consultores Wagner en el informe anual al selecto Club de Senegal (año 2022): *"Si los resultados de la agricultura cubana actual dan pena; los reportes de la ganadería te harán llorar"*.

Pues bien, la actividad económica comenzó a despegar lentamente sustentada con los latigazos que compasiva y certeramente los colonos descargaban en el lomo de los indígenas, los cuales les eran entregados por el gobierno como medios básicos (con inventario y código de barra incluido) mediante el sistema denominado «de encomiendas».

Este era un contrato equitativo, que se firmaba al recibir el medio básico humano y, mediante el cual, el colono español se comprometía a explotar, maltratar, vestir, alimentar y cristianizar al aborigen (esto último suena bien, pero... ¿te lo creíste?).

Por su parte el nativo, a su vez, tenía también varios derechos: trabajar sin chistar todos los días, aguantar todos los golpes y abusos que pudiera, y no disfrutar, —bajo ninguna excusa—, del fruto de su trabajo.

El rápido agotamiento de los lavaderos de oro y la drástica reducción de la población convirtieron a la ganadería en la principal fuente de riqueza de Cuba. Por una parte, disminuyeron los indios por flojos y no resistir las penurias que se les asignaban, como Dios y los colonos mandaban, el trabajo agotador y los maltratos en raciones bien servidas; y por otra, los españoles turisteando en otros lugares del continente donde las pepitas no fueran tan esquivas y las indias tan escasas como en Cuba.

El dicho de que, *A falta de oro, casabe*, se puso de moda en los hogares cubanos desde esos tiempos.

Así que a otra cosa mariposa. La carne salada y los cueros serían las mercancías casi exclusivas con las que los escasos colonos de la isla podrían incorporarse a los circuitos comerciales del Imperio español hasta que apareciera cualquier otra cosa más entretenida que hacer, como producir azúcar, ron, croquetas explosivas, cohíbas, plátanos microjet, mulatas, café o pescar clarias en las alcantarillas.

Un período oscuro

Dadme un quinqué y se hará la luz.
Tomas Alba Edison

Cuando los aborígenes comenzaron a escasear como mano de obra surgió la brillante idea de reemplazarlos por otro medio básico más resistente y duradero: negros traídos desde África por vía Expreso.

Para ese entonces ya la tecnología en el ámbito de los Recursos Humanos había mejorado y los códigos de barra de los inventarios incluían también el nombre del dueño y se aplicaban con ayuda de marcadores al rojo vivo sobre la piel del medio básico, o sea, del esclavo.

El tráfico de los negros fue un fenómeno que adquirió proporciones enormes.

«Trata de esclavos» es el término con que se denominó alegremente el proceso consistente en arrancar a los negros por la fuerza de sus tierras ancestrales; hacinarlos en barcos donde morían hasta el 50 por ciento de varias causas naturales como la insalubridad y el hambre; venderlos al mejor postor en el mercado junto a otros animales de corral y de labranza; ponerlos a trabajar todo el día y todos los días en las plantaciones, la construcción y otros trabajos de los que forjan el carácter y desbaratan el cuerpo; ubicarlos a vivir en largos, superpoblados y poco ventilados barracones sin disfrutar de más ni menos derechos que los que disfrutaban los indios; como ya hemos visto.

Con esto se demuestra que, desde edades tempranas de la historia del país, se comenzó a velar rigurosamente por la igualdad en el puesto de trabajo. El negro se tenía que explotar y maltratar igual que se había explotado y maltratado al indio. ¡No a la discriminación laboral!

Sin embargo, ya desde esos tiempos Cuba había comenzado a hacer historia y romper récords Guinness. Por ejemplo, la esclavitud en la mayor de las Antillas fue la que tuvo el mayor por ciento del comercio de esclavos usando el océano Atlántico como vía de transportación.

La "trata", como se conocía cariñosamente, se extendió en la Isla desde el siglo XVI hasta que se abolió por Real Decreto el 7 de octubre de 1886 y fue la columna vertebral sobre la que se sustentó la floreciente industria azucarera.

Como es lógico suponer, tratar de mantener el control férreo sobre el mínimo detalle de la vida en la colonia fue uno de los objetivos mejor logrados por la metrópoli. Por ejemplo, veamos la legislación emitida por el reinado español para regular la dieta y alimentación de los esclavos en Cuba.

El reglamento de 1842 en su artículo 6 especificaba que *"los amos darán precisamente a sus esclavos de campo dos o tres comidas al día, como mejor les parezca con tal de que sean suficientes para mantenerlos y reponerlos de sus fatigas; teniendo entendido que se regula como alimento diario y de absoluta necesidad para cada individuo, seis u ocho plátanos, o su equivalente en boniatos, ñames, yucas u otras raíces alimenticias, ocho onzas (230 g) de carne o bacalao y cuatro onzas (115 g) de arroz u otra menestra o harinas"*.

Efectivamente, como habrán podido notar, la alimentación del esclavo de plantación era, tan solo, el combustible necesario que garantizaba el mantenimiento de la utilidad operativa de este durante el "período de amortización".

Pero no nos engañemos. Como todas las actividades de los esclavos, la alimentación era, también, dependiente de la buena voluntad y de la estabilidad emocional del bolsillo de los propietarios.

Muchas veces las cosas no se cumplen cómo se programan; así que la llamada base del combustible que ingería el esclavo variaba también en función de los precios de los productos en los mercados internacionales, y de la situación geográfica y económica de los ingenios.

Los ingenios azucareros concentraban sus esfuerzos y recursos en la producción de bienes coloniales destinados a los mercados internacionales. Por otro lado, los hatos se especializaban en la cría de ganado, proporcionando insumos tanto a los ingenios como a otros centros de producción.

Sin embargo, era raro que estas explotaciones destinaran parte de sus tierras al cultivo de alimentos para sus esclavos. La mayoría de las veces, la alimentación de las dotaciones de esclavos no era considerada una prioridad en el modelo productivo.

Un detalle aquí: no podemos dejar de señalar que la dieta diaria de los esclavos durante la colonia es envidiada en pleno siglo XXI por la totalidad de la población de la Isla. Cuando los habitantes actuales leen este listado de alimentos, suspiran y salivan profusamente como el fiel perro de Pavlov.

También, por decreto central, los dueños debían garantizar anualmente una camisa, un pantalón, una ropa para dormir y una cantidad no especificada de calzoncillos, pañuelos o blumes, los cuales los recibían los esclavos usando las casillas habilitadas al efecto en la llamada *Real Libreta de Productos Industriales de las Indias Occidentales*.

Desgraciadamente la *Real Libreta* tuvo una vida efímera, por lo que los esclavos tenían que resolver por ellos mismos su ropa, el calzado y otros accesorios personales. Ni hablar de jabón, desodorante y perfume, para eso no había presupuesto disponible. Esa es la razón que siempre aparecían sin camisa, desaliñados y sin zapatos en las ilustraciones de la época.

Como es de suponer la vida de los esclavos era bastante difícil ya de por sí con el duro trabajo diario, pero, aparte del descontento natural y comprensible con la vida que llevaban, también hubo otras causas que provocaron algunos incidentes y levantamientos de estos contra los capataces mulatos y los dueños blancos.

Curiosamente la historia registra la causa de una de las primeras rebeliones de los esclavos estrechamente relacionada con la alimentación.

Resulta que algunos hacendados trataron de sustituir las 8 onzas orientadas diarias de carne por pescado (tenca y claria fresca), y el bacalao por una pasta dizque hecha a base de oca y tripa extendida. Al no tener el paladar acostumbrado a estos nuevos alimentos, los malagradecidos esclavos rechazaron las innovadoras formulaciones y comenzaron las desavenencias e incomprensiones.

Los enfrentamientos fueron escalando en magnitud y se tornaron ya violentos cuando los hacendados trataron de sustituir las raíces alimenticias por un brebaje nutritivo de nueva formulación denominado YDS (Yogurt de Soya).

Estos incidentes demostraron que el choque entre las dos culturas: españoles y africanos, no había sido solo cultural, sino que las marcadas diferencias culinarias entre ambos pudieran ser irreconciliables.

La mayoría de estas sublevaciones terminaban con los negros escapando, de los lugares donde vivían y eran explotados tranquilamente, hacia los bosques, donde habitaban por cuenta propia en pequeñas comunidades conocidas como "palenques"

No es necesario señalar que los que optaban por escapar perdían automáticamente el derecho a recibir la cuota subvencionada de alimentos.

Asentamientos iguales a los "palenques", donde se disfruta de condiciones infrahumanas de vida, bajos niveles de escolaridad y altos índices de violencia se han mantenido en el tiempo y llegado hasta la actualidad.

Son los conocidos asentamientos poblacionales de La Güinera, La Timba, El Fanguito, Los Sitios, Los Pocitos, La Corea, Indaya y Cocosolo, entre muchos otros.

De todas maneras, es innegable que el tremendo trabajo de los esclavos llevó a Cuba a planos estelares en la producción y exportación de azúcar, convirtiéndose en la llamada *"Azucarera del Mundo"* para deleite de los diabéticos y público en general.

En 1894 ya se producía un millón de toneladas. En 1925 fueron 5,16 millones, y en 1952 se estableció el récord absoluto del Caribe, Panamericano, Olímpico y Mundial de 7,13 millones.

Magníficos y crecientes resultados, hasta que, en la segunda mitad del siglo XX, Fidel Castro y su dictadura unipersonal de extrema izquierda se encargó, paciente y estoicamente, durante décadas, de ir desmantelando toda la economía nacional, incluida la azucarera.

Ahora Cuba importa azúcar de lugares insospechados como Colombia, Estados Unidos, Australia y Viet Nam.

Pero no todo es criticable. Una nota importante es que la arquitectura y enrevesado diseño de los barracones era tan audaz y adelantada para su época que desafió el paso del tiempo, sin ningún cambio de planos o estructura, hasta convertirse en los dormitorios de las llamadas Escuelas al Campo en la segunda mitad del siglo XX.

Para ser totalmente justos hay que señalar que los esclavos negros, aparte de los trabajos antes descritos, también hicieron carrera en la rama militar.

Según consta en una entrada en el blog personal de Hernán Cortés, —el tipo duro al que se le asignó la tarea de choque de conquistar México—, donde anota que cuando partió de Cuba llevó consigo algunos negros que utilizó para el arrastre de la artillería y otra técnica pesada a través del suelo azteca.

Esta fue una solución de última hora porque los equipos designados para esta faena, marca KP3, resultaron de peor desempeño que los negros esclavos.

El consorcio *Somosmastoscos Inc.*, productor-exportador radicado en Bololandia y fabricante de los KP3, achacó el bajo rendimiento de estas unidades a que no estaban climatizados para ser operados en el clima tropical.

Obviamente siempre quedó la duda de que eran en realidad unos equipos mierderos, no importa en cual clima estuvieran trabajando.

De esta forma, los negros esclavos también tuvieron su oportunidad y espacio en el mercado turístico emisor desde Cuba hacia el continente.

La trágica historia de la trata de esclavos dejó una huella imborrable en la cultura nacional. Además, este inhumano comercio enriqueció considerablemente a los astutos comerciantes flamencos de la corte de Carlos I, a quienes se les otorgó el monopolio de este negocio. A través de este sistema, más de un millón y medio de africanos fueron forzados a trasladarse a Cuba, un proceso que, aunque sin costo para los desplazados, representó un capítulo oscuro y doloroso en su historia."

AZÚCAR, CORSARIOS Y PIRATAS

In the sea, life is tastier.
Francis Drake

Paralelo al auge de la producción tabacalera, ocurrió el despegue de la industria azucarera nacional.

Según narra K. Talejo, uno de los biógrafos de Cristóbal Colón, en su obra *"El Inquieto Cristobalillo. De aquí para allá y viceversa"*, el Almirante de la mar Océana llevó la caña de azúcar en su segundo viaje a las Indias Occidentales, siendo el responsable directo del surgimiento y desarrollo de esta industria en las colonias.

Y así comenzó la aventura tropical y caribeña de la dulce gramínea.

Las fábricas o trapiches, que molían al máximo todo lo que los negros esclavos cortaban, se ubicaron fundamentalmente en las proximidades de los centros urbanos.

En 1520 se establecieron las primeras, las que fueron aumentando paulatinamente hacia finales del siglo XVI. La producción de azúcar alcanzó su primer gran pico de 312 toneladas a inicios del siglo XVII, resultado de las 37 fábricas existentes.

En la actualidad, usando los avances de la ciencia y la tecnología del siglo XXI, la producción azucarera cubana ronda esa misma cifra. Como decíamos anteriormente, la Historia siempre se repite.

La concepción de que Cuba era 'La Llave' (nada que ver con el café del mismo nombre ni con los pacíficos pobladores el Cerro) geográficamente hablando para el Nuevo Mundo, empezó a consolidarse en la comunidad internacional.

Paralelamente, la población nativa, que eran cubanos por nacimiento, todavía no se habían dado cuenta de eso hasta que el sentimiento de pertenencia aumentara con el tiempo.

"Todo lleva tiempo y mucha paciencia...", como acertadamente escribió Gustavo Adolfo en su conocida fábula *La Hormiga y El Elefante*.

Como era de esperar, la creciente prosperidad de la Isla despertó la envidia de los vecinos cercanos y, lo que es peor, la lujuria de otros reyes de ultramar.

Como sabemos, las casas reales de España, Inglaterra, Francia, Flandes, Portugal, y otros países de ese club de amigos, tenían la costumbre de estar atacándose cada cierto tiempo con la tecnología armamentista más desarrollada de la época; o sea, con todo lo que tenían en los arsenales.

Para que fueran más interesantes las matanzas, asaltos, hundimientos de barcos, tomas y saqueos de ciudades; estas potencias europeas se cambiaban de bando y pareja con relativa frecuencia.

Esta alegre rivalidad también se trasladó hacia las posesiones ultramarinas de todos ellos. El objetivo era puramente económico. La idea era apoderarse a la cara de las riquezas que los españoles se habían apoderado, a su vez, también a la cara en el Nuevo Mundo.

Ciertamente todo el oro, plata, piedras preciosas que entraba en España, no duraba mucho en el monedero de los monarcas y sus allegados: El Conde de Tal Cosa, El Duque de Aquello, la Marquesa de Eso, etc.

En vez de fomentar la industria nacional y construir un estado fuerte y poderoso, utilizaban todo lo que entraba desde las colonias del Nuevo Mundo para comprar productos y contratar servicios en otros lares.

Esa miopía con astigmatismo galopante de los gobernantes ibéricos llevó a España a ir debilitándose a exceso de velocidad como potencia europea y, de paso, a contribuir, de manera decisiva, en la formación de los imperios que luego la sepultarían como un país totalmente arruinado.

La realeza española, de manera noble y benevolente, se dedicaba a usar lo que provenía de ultramar para adquirir todo lo que necesitaban para seguir su licenciosa y guapachosa vida de nobles sin darse cuenta de que era mejor industrializar a España y en vez de compradores de todo convertirse en exportadores de algo que valiera la pena.

La indolente España de misa, rosario, toros y sainetes seguía lastrada por su propia pereza, incapaz de sacar provecho de los recursos que provenían del vasto imperio colonial que poseía. La frenaba una aristocracia ociosa y una Iglesia católica que defendía sus propios privilegios y posiciones con garras y dientes como un tigre acorralado.

En ese momento, y persistiendo en su equívoco noble y monárquico durante varios años, España se centraba en tres principales rubros de exportación. El primero era el orgullo nacional, intangible y sin valor nutricional ni económico directo. El segundo, ejércitos en misión de conquista para engrandecer la gloria de los reyes y su gremio, que si bien consumían recursos, a menudo resultaban en pérdidas. Y finalmente, los desafortunados ciudadanos en busca de una mejora personal fuera de la península ibérica, aquellos decididos a encontrar sustento en otras tierras. ¡Vaya panorama!

Al final no les quedó ni el oro, ni el casco y mucho menos la mala idea.

Pero esa historia que la haga otro. Nosotros a lo que vinimos.

Coincidentemente las demás naciones estaban algo apuradas y no querían esperar a que todas esas riquezas siguieran pasando a sus manos a la velocidad que iban. Querían agilizar el proceso lo más posible, hacerlo más fluido. ¡Qué ansiedad!

Sin embargo, y como habrán notado, el cubano iba incorporando a su idiosincrasia esas mismas características, para lucirlas a la primera oportunidad posible, sobre todo esa inveterada vocación que tienen los Antillanos de continuar haciendo las cosas de manera incorrecta por más tiempo que el estrictamente imprescindible.

Pues bien, La Habana se había convertido en la tercera ciudad (por población y extensión) y la más importante (por desarrollo económico) del Nuevo Mundo.

Un detalle cultural aquí: según algunos La Habana se había fundado el 16 de noviembre del 1519, pero no alcanzó su pleno esplendor hasta mucho después, haciéndola un manjar apetecible para corsarios y piratas.

La historia oficial cuenta que todo comenzó ese día en una esquina de la bahía: allí —dicen— los pobladores se reunieron alegremente, entre el fango y los mosquitos producidos por las frecuentes lluvias, junto a una ceiba, a celebrar la primera misa y el primer Cabildo.

El Cabildo era la autoridad de gobierno que debía administrar el orden y las leyes en la nueva villa.

Desde ese primer Cabildo hasta el actual gobierno, han coincidido los intereses y objetivos de las distintas administraciones que se han sucedido; es decir, han sido muy pocos los períodos en que los órganos de gobierno han administrado correctamente el orden y las leyes.

Sin embargo, la versión más conocida de la fundación de la capital de Cuba parece estar más cerca del mito que quieren hacerlo oficial, que de lo que realmente pasó.

Lo único cierto es que nada ha podido con La Habana: ni los huracanes, ni los derrumbes, ni los exilios, ni los piratas y corsarios, ni las revoluciones, ni los orientales, ni las crisis, ni la desidia, ni los embargos, ni los desgobiernos.

Paralelamente otros enclaves del país habían ido creciendo, sobre todo cerca del litoral para facilitar el comercio. No solo el legal con los autorizados por la Madre Patria, sino el ilegal que fue nombrado de varias formas: "bolsa negra", "comercio de rescate", "por debajo de la mesa", entre otras denominaciones; que era por la izquierda y con la abierta y diáfana complicidad de las autoridades de cada lugar.

Entonces, ahí otras dos características nuevas que incorpora el cubano que va surgiendo: una, adaptarse y aplaudir al régimen existente por el día y hacer las cosas como realmente desearía por la noche y; dos, cambiarles el nombre a las cosas.

A los desconocedores les llama la atención está actitud entre dos aguas y les surge la pregunta recurrente:

—¿Qué necesidad hay de nombrar las cosas por otro nombre cuando tienes un idioma tan amplio, rico y complejo como el español o castellano, que tiene miles de vocablos para definir exactamente todo lo que nos rodea de manera culta, mediana y chabacana?

Respuesta corta: Ninguna.

Respuesta larga: Ninguna.

Pero en Cuba nada escapa a esa costumbre de nombrar las cosas con otro nombre.

Veamos algunos ejemplos de cómo ha evolucionado el lenguaje en contextos específicos: el negocio ilícito pasó del término 'comercio de rescate' a la expresión actual 'luchar'. En cuanto a la prostitución, el término 'prostitutas' ha dado paso a "jineteras". En el ámbito de las denominaciones coloquiales para cantidades de dinero, cinco pesos se conocen como "una monja" y diez pesos como 'un pescado'.

Sin embargo, es importante mencionar que hay términos y calificativos que han permanecido inalterados a lo largo del tiempo. A las desaforadas vecinas o ardientes compañeras de trabajo las siguen llamando putas, y a mucha honra.

"Esa excepción confirma la regla", como explicara el respetado antropólogo Mr. Nick Ohones en su conocido estudio *Diez Formas de Perder el Frenillo*.

Volviendo con la inquina, la envidia y la mala leche que despertó el florecimiento de la *"siempre fiel Isla de Cuba"*, y para canalizar esos hidalgos sentimientos los otros integrantes de la peña europea, —que ahora coexisten, de manera increíble, pacíficamente en la Europa Comunitaria, ¡quién lo diría! —; crearon la figura jurídica conocida como Corsarios.

Estos eran cuentapropistas con licencia para abordar barcos en altamar y saquear ciudades en tierra firme, apoderándose de todo lo apoderable y dejando la menor cantidad de sobrevivientes posibles.

La llamada "Patente de Corso" funcionaba como una licencia comercial que extendían los reyes de un país determinado, incluyendo el porciento que les correspondía a ellos de pago por cada botín arrebatado por el Corsario. Esa Patente se iba renovando automáticamente después de cada período.

Lo único que estaba prohibido era operar contra las posesiones del mandatario que daba la licencia. Por lo demás no había restricción física ni moral, ni Manual de Usuario, ni Servicio al Cliente que indicara cómo actuar más y mejor. Por supuesto, no había a quién ni a donde reclamar.

Como lo dijo, claro y directo, el Rey inglés en la corte ante algunos mojigatos que se atrevieron a oponerse a esta nueva forma de generar ganancias mientras le jodes el bolsillo al enemigo: *"Lo que importa son los resultados, lo demás es colateral"*.

Vaya, el nacimiento de la verdadera libre empresa marítima.

Pero, un momento, cualquiera piensa que esa actividad era un vacilón: atacas al que te da la gana, lo masacras y no pasa nada, todo legal. Pero no era tan simple.

Además de enfrentarse al desafío de navegar con navíos de la época, los cuales no estaban certificados para la navegación de alta mar (aunque eran los únicos disponibles), los capitanes y el personal al mando debían gestionar una tripulación cuya composición variaba constantemente, especialmente después de cada ataque. Esta tripulación, además de no mantener hábitos frecuentes de higiene, se caracterizaba por tener un temperamento bastante difícil, lo que añadía una capa adicional de desafío a su supervivencia continua, día y noche.

Esta realidad le añadía una capa adicional de desafío que ocasionaba cambios bruscos e inesperados en la línea de mando de los barcos.

Hubo otros pequeños problemas no menos importantes, siempre ligados a la volatilidad de los tratados y la ineptitud de las comunicaciones.

Resulta que para hacer más emotivos los encontronazos y tener más seguidores en las redes sociales, los reyes armaban tiraderas y se cambiaban de bando cada vez que orinaban entre seis y ocho veces, como ya hemos explicado. Hacían nuevas alianzas y apuñalaban los tratados anteriores con mucha gracia real y relativa frecuencia, acción que en sí no asombra porque esas técnicas se siguen practicando con bastante frecuencia por los políticos y gobernantes de la actualidad.

Pero donde se pone bueno ese monárquico relajo bélico era que, como las noticias tardaban bastante en llegar porque en esos tiempos el Wifi era de 0.4G, entonces sucedía que a veces se atacaba, saqueaba y se pasaba por las armas (como enseñaba y exigía el *Manual del Buen Corsario*) a los que se pensaba que eran del bando contrario, pero podía suceder que era un barco o una posesión amiga desde hacía varios meses.

Con estos incidentes se empezó a desarrollar lo que se conoce en la Teoría de la Guerra Moderna como el concepto de *Fuego Amigo*, que no es más que la mandanga inesperada y brutal que te da tu aliado porque, según él, te confundió con un enemigo.

Ese fuego te jode de la misma manera, o peor, que el del enemigo, pero después "los amigos" se disculpan formalmente, fue sin querer, tú sabes, no lo volveremos a hacer, no es para tanto, vamos a tomarnos unas cervezas con los sobrevivientes y nosotros pagamos, etc.

Verdaderamente la actividad de abordajes marítimos y saqueos de ciudades costeras era muy interesante y lucrativa si te gustaban las aventuras y el dinero de los demás. Ese catalizador propició que algunos, ya corsarios que sabían a lo que iban y otros metedores de cabeza, tronco y extremidades, recién llegados al baile; se pusieran a hacer lo mismo: atacar, abordar, sitiar, matar, violar, robar (y demás verbos terminados en ar) pero sin la debida licencia.

Esos eran los verdaderos autoempleados marítimos y, de paso, ¡qué maravilla! se podía atacar a cualquiera sin aplicar por la Patente de Corso ni pedir permiso y, lo más importante, no había que repartir el botín con más nadie.

Estos últimos emprendedores fueron conocidos como Piratas. La historia enmarca el surgimiento y desarrollo de varias cofradías de este tipo que azotaron de lo lindo al Nuevo Mundo.

Entre estos corajudos y arrojados trabajadores del Sindicato de Marinos, Corsarios y Piratas se destacó la hermandad conocida como *Los Temibles Piratas del Caribe*.

Uno de los principales exponentes de ese grupo, —según un estudio publicado en el 2003 y actualizado en 2006, 2007, 2011 y 2017 por la respetada Facultad de Estudios Histéricos del Caribe perteneciente a la UCH (Universidad de California, Hollywood)—, fue el despiadado pirata conocido como Jack Sparrow, que a bordo de su mítico navío *Perla Negra* se hizo famoso y fue muy temido por muchas temporadas en toda el área insular del Caribe.

Entre los arañazos de estos emprendedores marítimos, tenemos que en 1628 una escuadra neerlandesa al mando de Piet Hein derrotó y abordó, frente a Matanzas, a una flota española que se dirigía a España. Tremendo cambio positivo tuvo la cuenta bancaria del viejo Piet con este exitoso golpe.

Un año después, fracasó el ataque contra La Habana de otra flota neerlandesa mandada por el almirante corsario Cornelius Jol, alias "Pata de Palo". En 1652, los Hermanos de la Costa, cuya base de operaciones estuvo situada en la isla de La Tortuga, saquearon San Juan de los Remedios y se llevaron a las mujeres usables, los esclavos fuertes, 625 ostias, 21 candelabros y otros ornamentos de las iglesias del lugar.

Pero la fiesta era en serio y para rato. En 1654 los piratas desembarcan por el puerto de Casilda, asaltando la localidad de Trinidad. Los maleantes chapearon bajito en la villa, pasando el "cepillo" a todo lo que tuviera algún valor, lo que incluyó crucifijos y objetos de plata, oro, y todo lo que encontraron en la iglesia local que pudiera ser revendido más adelante.

Los emprendedores marítimos dejaron a la villa y a la iglesia encueros y con las manos en los bolsillos literalmente. ¡Sacrilegio!

Como ya vimos, el florecimiento de la economía nacional potenció las incursiones de corsarios y piratas, —principalmente franceses e ingleses—, tratando de apoderarse de lo que no era de ellos. La respuesta española ante los continuos ataques fue pacientemente elaborada y construida.

De esa estrategia de contención ibérica surgieron dos impresionantes bastiones militares en La Habana: el Castillo de los Tres Reyes Magos del Morro (1610) y el Castillo de San Salvador de La Punta (1630); que no tuvieron ningún papel destacado en frenar los ataques de los corsarios y piratas pero que son el orgullo de la arquitectura militar colonial española en Cuba.

A RITMO DE CONTINGENTE

Ahora si vamos a desarrollarnos.
Cuento de La Buena Pipa, fragmento.

A pesar de unos inicios trastabillantes, la economía y la vida social en Cuba se empezó a componer. Con el auge de las posesiones españolas en el Nuevo Mundo, el trasiego de mercancías entre la metrópoli y sus posesiones ultramarinas se incrementó vertiginosamente.

De esta forma, la isla fue desplazando a otra isla, La Española (hoy la comparten República Dominicana y Haití) como el punto preferido de recepción y despedida de los mercantes españoles que cubrían la ruta 22 Metrópoli-Colonias.

Al parecer los *tigueres* dominicanos no se tomaron muy a pecho que los relegaran del protagonismo entre los vecinos de la Cuenca del Caribe y se dedicaron por entero a desarrollar el perico *ripiao,* la bachata, las habichuelas con dulce por Semana Santa y el mangú.

Pero perdonar no es olvidar. Así que, el 31 de marzo de 1961 cuando Mr. Kennedy repartió, entre varios pequeños estados del Caribe productores de azúcar, la cuota del dulce producto que hasta ese entonces estaba asignada a Cuba, los dominicanos y sus hermanos geográficos se frotaron las manos y encendieron decenas de velas para desear que el torneo UFC Cuba-USA se mantuviera por mucho tiempo con la misma intensidad, pero sin ganador.

Mejor apostar a los dos caballos y ver qué pasa. Vendemos el azúcar a uno que la paga bien y a la vez le damos todo nuestro apoyo moral y solidario al otro. Clase Magistral de Alta Política.

Al parecer las velas, los cocos y los muñecos atravesados por alfileres utilizados fueron de primerísima calidad. El conjuro escogido para ocasión tan delicada también fue el correcto y funcionó de maravillas, sin duda alguna, porque el diferendo Cuba-USA ya anda por más de 65 años y no hay ni idea hasta cuándo se mantendrá.

Volviendo a los 1600, decíamos que las cosas se comenzaron a encauzar en Cuba, y así fue. Empezaron a sucederse los años, y con ellos los distintos gobiernos con sus respectivos Capitanes Generales, unos tras otros, mientras le duraron los mangos bajitos a España en Cuba.

No hay mucha exactitud en la información, —el indispensable toque especial de misterio que todo buen burócrata le pone a sus reportes— pero fueron mucho más de 100 (contando tanto los llamados propios como los interinos) las administraciones coloniales españolas que se sucedieron al timón de la Isla de Cuba.

Aclarando el dato, los interinos eran los que se quedaban aguantando el gobierno mientras el Capitán General designado hacía una escapadita por nuevas tierras a conquistar para llevar la fe cristiana, aumentar la gloria del reino y llenar sus propios bolsillos lo más posible.

Otra necesaria aclaración: las tres prioridades no estaban en ese orden, ni lo piensen.

En estos casos, salir a seguir llenando las arcas personales clasifica limpiamente con tres de los siete pecados capitales: avaricia, lujuria y gula, pero esto es irrelevante cuando tienes el poder bien tomado por el mango y gozas de la bendición de la Santa Iglesia.

Según el *Real Manual de Recursos Humanos de las Indias Occidentales*, el Capitán General y Gobernador de la Isla, para fines del siglo XVIII tenía asignado un sueldo de 8 348 pesos, más otros 2 000 para el pago del alquiler de la casa, al no estar terminado aún el Palacio de Gobierno. Pero a lo largo de los años esos pobres y sacrificados gobernantes fueron acumulando funciones por las que también se les aumentó la remuneración.

Entre estos cobros extra estaban los 4 000 pesos por ser el Juez Protector y Superintendente de la Renta de Tabacos y otro monto similar por ser Juez Protector de la Real Compañía de Comercio de La Habana. Si todavía le quedaba espacio en los bolsillos, en la gaveta de la izquierda del escritorio o en la parte baja del colchón, entonces podía acomodar sin problemas los otros 2 000 pesos que pagaba la Compañía del Asiento de Negros.

Para tener una idea de lo fructífero que resultaba para las finanzas personales este cargo, se debe tener en cuenta que la plaza de Capitán General podía ser comprada, al menos hasta inicios del siglo XVIII, lo cual era totalmente legal y debidamente autorizado con todos los sellos, cuños, vistos buenos y membretes disponibles en las Cortes Españolas.

Un ejemplo de esto es el del ilustrísimo Diego de Córdova y Lazo de la Vega, quien era bueno sacando cuentas y según los testigos abonó, con cara de extrema felicidad, los 14 000 pesos que le pidieron por el cargo de Capitán General. Una inversión segura.

Este fenómeno no era exclusivo de Cuba, sino que también se observaba en España. Este hecho ilustra que, aunque los Reyes de España se encontraban rezagados en tecnología y otros ámbitos, habían adoptado la práctica contemporánea de comercializar los cargos públicos, asignándolos al mejor postor.

La idoneidad para el cargo era discutible, pero el billete siempre tenía la voz cantante y compraba la última palabra.

Otro aporte muy importante de los esforzados y laboriosos Capitanes Generales, y de otros activos miembros de la sociedad, es que se empezaron a cambiar los originales y aburridos nombres de las calles por los apellidos de los que estaban al timón del país. De esta forma, las denominaciones iniciales desaparecieron ante el empuje impetuoso de los Velázquez, Tapia, Chávez, Angulo, Tacón, Rosique, Vives, Torres, Manrique y demás de ese ecosistema.

Por el lado ideológico, la Iglesia Católica estaba también de plácemes en el Nuevo Mundo. Como diría el conocido historiador de la época, Don José Rosique del Condom Pobre, *"el clero está suelto y sin vacunar en la siempre fiel Isla de Cuba"*.

Mas almas para convertir, más diezmos que colectar y nuevas plazas con paisajes exóticos donde darles candela a los herejes. No se le podía pedir más al Señor. El paraíso terrenal con una suculenta Eva morena, una manzana intacta y jugosa, pero sin serpiente. ¡Amén!

En honor a la verdad histórica hay que decir que Su Santidad y su ejército de convertidores de herejes a la Real y Verdadera Fe, que siempre han tenido muy buen olfato para saber quién corta el bacalao, —también para apoderarse del bacalao y cortarlo ellos sin ayuda de terceros—, estuvo bien activa en el panorama político de la colonia, compitiendo con el poder militar por el mando real y la toma de las decisiones importantes en la Isla.

Siempre *In nomine Patris et Filii et Spiritus Sancti*, no faltaba más.

Pero la relación Gobierno-Iglesia no era muy apacible. En varias ocasiones, según reportes fidedignos, la jerarquía eclesiástica se puso bien bravita con la dirigencia militar. En las pugnas por el poder y la toma de decisiones importantes, a veces ganaba una de ellas, otras empataban, otras veces ganaba la otra parte.

En fin, como era de esperar de estos viejos camajanes, cuando empataban dejaban el asunto bien enredado al otro bando.

Es interesante constatar como el oficio de pastorear almas desarrolla habilidades increíbles para urdir conspiraciones reales y ficticias, hundir a los contrincantes y apoyarse en los tontos útiles.

Las causas de las disputas fueron muchas, en lo fundamental relacionadas con el contrabando y la vida pública de los Obispos, violatorias ¡Oh, sacrilegio! de su condición sacerdotal.

Un caso de este tipo fue el del canónigo y provisor Diego de Bivero (o Rivero, vaya Usted a saber), quien mientras ocupaba interinamente la dirección del obispado (1580 – 1582), fue acusado de contrabandista y el Gobernador Lujan lo culpó de *"blasfemo y jugador y públicamente amancebado"*.

Realmente esas acusaciones no erizan a nadie en este Siglo XXI, pero en aquellos tiempos coloniales, donde eran extremadamente puritanos cuando les convenía, eran unos cargos tan insultantes que solamente se comparan con que hoy te eliminaran de amigo en Facebook y te bloqueen en WhatsApp.

Como es de suponer, los chismes y dime-que-te-diré que se armaban entre ambos bandos en la mayoría de los casos eran ajustes de cuentas mutuos, pues los Obispos, por su parte, también acusaban, generalmente de las mismas violaciones y excesos, a los Gobernadores.

En los primeros años, antes de la eliminación de la "encomienda", el reparto de indios resultó ser uno de los motivos de fuerte disputa. La Corona, para tratar de poner fin a los abusos y violaciones reportadas por el Sagrado bando Católico, crea la plaza de Obispos Visitadores de Indios "A" con potestad para solucionar, de acuerdo con el Gobernador, los litigios, rumores, bretes, reclamos y chismes existentes en la asignación y el reparto de los aborígenes.

Como pueden sospechar, no se obtuvieron los resultados esperados, todo lo contrario, en la mayoría de los casos los Obispos continuaron con la corrupción y abusos que estaban destinados a solucionar.

Otro caso de estudio lo fue Fray Miguel Ramírez de Salamanca, obispo entre 1527 y 1532, quien fue objeto de numerosas acusaciones por su forma desfachatada de conducirse.

Entre ellos, abusos de autoridad para con los aborígenes y el de utilizar los preceptos religiosos con fines de enriquecimiento. ¡Qué calumnia a tan regio protector de las buenas costumbres y el sometimiento al Señor!

Teje-Maneje aparte, y a pesar de, el progreso se veía en todos los frentes.

A la ya tradicional línea de la 22 (Sevilla-Habana-Sevilla) se sumó la de la 64 (Cádiz-Habana-Cádiz). Los buques de ambas líneas arribaban y zarpaban periódicamente en hora, trayendo y llevando mercancías y personal entre el Viejo y el Nuevo Mundo. Aparte había otras líneas charter hacia el continente que cubrían ese destino con bastante regularidad.

Este desarrollo del comercio era el deleite de los armadores, los comerciantes, dueños de hostales, gerentes de bares y putas locales e importadas.

Los quitrines de doble tracción, las volantas full inyección y las calezas caja quinta circulaban no solamente en la capital, sino que ya arrollaban a los transeúntes distraídos en otras villas importantes del interior.

Las señoras vestían caras pieles para "abrigarse" en el medio del Caribe, haciendo un esfuerzo sobrehumano para no perder la compostura por el clima húmedo y caluroso que les provocaba una picazón impenitente y un olor menos aguantable.

Por encima de todo estaban dispuestas a sufrir por el glamur y la moda. Primero muertas que sencillas. Colateralmente, era importante también restregarle a la vecina más cercana el nivel alcanzado.

Del criollo al cubanazo

Con la salsa que tú traes y lo guanajo que me tienes,
hacemos tremendo fricasé.
Cirilo Viejoverde

El negocio de la trata de esclavos también tuvo su arista positiva: propició la creación, desarrollo y diversificación del mulato y su variante femenina, la mulata.

Según los estudios del respetado genetista austriaco Johann Mendel, el *F1 Tropical* es el resultado de la unión de un español con una africana; sin importar que esta unión sea matrimonial, consensual o por la fuerza.

A los nacidos en Cuba, aunque fueran hijos de españoles, o de africanos; los *F1*; les empezó a corresponder el calificativo de cubanos, no importa que la Isla dependiera de la corona española y que en ese tiempo no fuera más que una colonia del Nuevo Mundo.

Pero hay un detalle y es que el cubano no es un simple y mortal *F1*, con el perdón de Mendel y su equipo de trabajo; simplemente *se quedaron cortos*.

Analicemos lo siguiente: el cubano es poseedor de un carácter único y complejo que se distribuye envuelto en varias tonalidades de piel, las cuales varían del negro-teléfono-fijo al blanco-pomo-de-leche, pasando por el jabao-de-ojos claros y el capirro-de-pelo-bueno.

Es un tipo que expresa vehementemente sus ideas en voz alta, con el selector de ráfaga en ON y alcance de varios metros más allá de quienes le escuchan. Además, no le importa en lo más mínimo no ser conocedor de un tema para opinar acaloradamente sobre el mismo. La pasión, no el conocimiento, es su arma más fuerte en las discusiones.

Con la firme convicción de estar siempre en lo correcto, presume de ser el mejor jugador de dominó del mundo incluso antes de su turno real en el juego. Y mientras espera, afirma poder resolver los problemas socioeconómicos y políticos más complejos de cualquier lugar con solo un par de recomendaciones brillantes. Irónicamente, esta habilidad no se extiende a encontrar soluciones para los problemas que afligen a su propio país.

Oportunidades no le han faltado para hacer eso durante los más de 120 años de existencia de Cuba como nación, pero es cubano, no le pidan más.

Como decíamos, es un tipo complejo, pero también gozador al máximo de cualquier placer de la vida que esté a su alcance; dígase baile, sexo, comidas, bebidas y un largo e interminable etcétera.

Ahora, punto y aparte para la variante femenina.

La cubana viene en variaciones cromáticas tan extremas como color negra-chapapote a pelirroja-inglesa-de-Glasgow, pasando por el intermedio de mulata-blanconaza o china-mulata.

Ella es poseedora, además de lo descrito en el espécimen masculino, de ciertas características morfológicas únicas que la distinguen en cualquier lugar donde se encuentre.

La cubana clásica (subgénero *cubensis mamitas grandculus*) invariablemente es reconocida desde la distancia por la cantidad de curvas peligrosas que posee en su estructura ósea.

Es, más o menos, la versión en movimiento cadencioso del circuito NASCAR / La Targa – Italia. Una versión de carne 100 % lista para el goce recreacional y la imaginación calenturienta de los machos a su alrededor.

Otros dos atributos que inocultablemente la delatan son las nalgas y las canillas, tan bien despachadas y pronunciadas las primeras, como llamativas y super estilizadas las segundas.

Según una investigación publicada en la respetada *Enciclopedia Ilustrada del Buen Hijo*, estrechamente ligado al nacimiento y desarrollo de los *F1* femeninos tropicales cubanos, apareció también el Piropo, el cual ha evolucionado desde la colonia hasta nuestros días.

Según la definición de Piropo, esta no es más que una palabra o expresión de admiración, halago o elogio que se le dice a una persona. Es lo que se conoce también como el cumplido que una mujer o un hombre le dirige a otro que le interesa, gusta, ama... y que siempre hace foco en sus cualidades sobresalientes.

NOTA: Recuerden las "cualidades sobresalientes" de las cubanas *F1*.

Hasta ahí la teoría general, pero en la práctica los piropos cubanos tienen un flow diferente. Y es que un piropo cubano irrita al destinatario si no se dice con elegancia y tacto, ya que las palabras pueden llegar a transmitir mensajes vulgares.

La tarea de piropear no es algo fácil, a veces se percibe el piropo como una forma de acoso. Sin embargo, hay que comprender que hay cada cuerpo criollo *F1* deambulando por este mundo, que es imposible resistirse y dejarlo pasar sin decirle algo como esto:

- Si cocinas como caminas, me como hasta la raspa.
- Todo eso que Dios te dio, que San Pedro te lo bendiga.
- Si la policía te ve, te pone una multa por exceso de carne en el maletero.
- Estás como el Morro, vieja pero interesante.
- Señora, vaya con Dios, que yo voy con su hija.
- Si San Lázaro te ve, suelta las muletas y corre tras de ti.
- Que Dios te guarde... y me dé la llave.
- Nena, estás como la langosta: eres cola na'ma'.

- Estás como Santa Bárbara... Santa por delante y Bárbara por detrás.
- ¡Niña! Eres justo lo que me recetó el doctor.
- Con la salsa que tu traes y lo guanajo que me tienes hacemos tremendo fricasé.
- Si Cristóbal Colón te viera, diría: ¡Santa María, qué Pinta tiene esa Niña!
- Mi amor, quién fuera cemento para sostener ese monumento.
- ¿Tienes algo que hacer? Podemos hacer turismo por mi cuarto.
- Te quiero, pero no sé en qué posición, ¿me ayudas a elegir?
- Hermoso vestido, quedaría muy bien en el suelo de mi dormitorio.

Se ha llegado a la conclusión de que, al igual que el azúcar y el tabaco, el culo de las cubanas tiene denominación de origen, y no ha nacido mortal que pueda discutir eso.

Esta mezcla, lograda del apareamiento entre europeos refinados y africanos semisalvajes, fueron los ingredientes iniciales del potaje genético del cual evolucionó, —según lo que el tabarichi Alexander Ivanovich Oparin explica en su bien documentado estudio *Mayá Liubimaya Siguaraya*—, el cubano como se conoce actualmente, el CUBANAZO.

Como toda creación de laboratorio, —o barracón—, la formulación genética del mulato y la mulata no se mantuvo estable, sino que fue mutando en dependencia de agregados a posteriori.

Con el tiempo se le fueron añadiendo cucharadas de chinos, más tazas de españoles huyendo del servicio militar de la República de 1936, varias libras de rusos (también conocidos un tiempo como *bolosoviets*) y otros centroeuropeos practicantes de la zurda.

Se agregaron también pizcas de italianos, puñados de terroristas de turno en desbandada, vietnamitas, exagentes encubiertos extranjeros, franceses, defalcadores de bancos, yanquis de Connecticut, musulmanes extraviados, palestinos e israelíes, latinoamericanos al gusto y de cualquier ideología, y quien sabe de dónde más.

El turismo siempre en auge.

FUMANDO Y TRAFICANDO

Fumando espero...
Cornelio Pata de Palo Holz

La producción de tabaco se incrementó ostensiblemente entre 1713 y 1720, sin importarle a nadie que el consumo del producto procedente de la *Nicotiana tabacum* le dañara la salud a la mayoría de los fumadores empedernidos, y el bolsillo a la totalidad de ellos.

Realmente el cultivo del tabaco se convirtió en el producto estrella de esos tiempos en Cuba.

Los españoles comenzaron a cultivar el tabaco, inteligentemente, en lugares accesibles (ya veremos el por qué más adelante) como en las márgenes del río Almendares (Habana) o del Arimao (Trinidad).

El tabaco producido en Cuba se vendía bien en el mundo, —principalmente en forma de rapé—, y mucho mejor a los piratas y contrabandistas holandeses, franceses e ingleses que merodeaban "al descuido" por las cercanías de las costas cubanas.

Los honorables traficantes europeos traían, por su parte, diferentes mercancías para el canje. Entre la oferta de los europeos se encontraban fundamentalmente tintes, carnes saladas y esclavos vivitos y coleando, listos para el brutal trabajo bajo el afrodisíaco Sol tropical.

El *modus operandi* del intercambio "por la izquierda" era, como son las cosas cuando son del alma, bien sencillo y a prueba de fallos.

Los capitanes de los barcos se acercaban al puerto y enviaban una comunicación al gobernador del lugar en la que les decían que necesitan hacer el mantenimiento técnico-planificado de las 5,000 millas a su barco.

Este trámite, al parecer tonto y extremadamente burocrático, era imprescindible para tener al día los libros por si venía una inspección sorpresiva o un Control y Ayuda Provincial o Nacional, y los revisaba.

Lo más pintoresco era que el mensaje iba acompañado de un regalo sustancioso, el cual el gobernador se lo quedaba, pero sin asentarlo en los libros.

De esta forma, las autoridades locales también agarraban su buena tajada. La única diferencia con las que ganaba el Gobernador General (como vimos en capítulos anteriores) era que la forma de este último era más legal, pero no por esto menos corrupta.

Sigamos con el *modus operandi*: aprobada la "Forma 2356–1700 Solicitud de Reparación y Mantenimiento Naval a Buques Extranjeros", entonces la nave fondeaba en el muelle designado y la carga que traía, —siguiendo las normas de seguridad laboral OSHA–235.34–, se depositaba en un almacén del puerto donde debería permanecer tranquilamente guardada hasta que se terminaran los "trabajos" que requería el mantenimiento.

Este almacén mantenía sus puertas principales cerradas, pero... siempre había una puerta secundaria lateral, no tan obvia; por la que eran sustituidas las mercancías originales, que habían llegado, por las que se iban a ir: tabaco, oro, pieles.

Cuando ya se había hecho el cambio pertinente en el almacén, digo, cuando se terminaba el "mantenimiento técnico y reparación planificados", se cargaba de nuevo el buque y este zarpaba sin dilación.

Cosechar y producir el tabaco cerca de los lugares donde iba a embarcarse, no importa si legalmente o por debajo del tapete, cortaba los costos de transportación y almacenaje. La rentabilidad como divisa.

En honor a la verdad, a veces el tráfico se hacía con botes, en vez de por tierra; vaya, para variar.

Como es de suponer, la inmensa mayoría de estas operaciones de tráfico se llevaban a cabo sin novedad que reportar y con el conocimiento solo de los vinculados directamente.

La gente de esa época se cuidaba mucho de postear este tipo de cosas en Facebook ni en otras redes sociales. Ahora son menos cuidadosos con lo que se publica, por eso los negocios de este tipo no duran mucho.

Solamente está documentado un incidente negativo que sucedió cuando unos traficantes holandeses descubrieron en altamar, ya lejos de Cuba, que las cajas que supuestamente debían contener tabaco estaban llenas de pasta de oca y picadillo de soya. El olor nauseabundo que salía de ellas al estar expuestas al Sol delató la sustitución trapalera.

Ese incidente fue recogido en las páginas de la historia del tráfico ilegal en Cuba, como *"El Tumbe"*.

Con semejante precedente, donde los colonizadores españoles, al mando de la vida en la Isla, impartieron Clases Magistrales en el manejo ilícito de bienes ajenos, resulta lógico preguntarse: ¿cómo no esperar que las sucesivas generaciones de cubanos no solo adopten, sino que perfeccionen día a día las prácticas de tráfico ilegal, corrupción, estafa y robo?

Pero las cosas no pueden funcionar tan bien por mucho tiempo sin que alguien, movido por la envidia y/o avaricia, decida aplicar el freno de mano. Si es nada más y nada menos que la metrópoli, entonces el freno es en serio y no hay negociación posible.

En 1740 se creó la Real Compañía de Comercio de La Habana. A ella se le otorgó el privilegio del control sobre las producciones y el traslado del tabaco, los azúcares, etc. de Cuba a España, como parte del férreo control que ejercía el gobierno español sobre su mejor y más productiva colonia.

Pero no hay Acción sin Reacción. En esta etapa comienzan a observarse las primeras luchas sociales de Cuba como consecuencia de las medidas monopólicas tomadas por la Corona, acentuados ahora por el "Estanco del Tabaco", que prohibía la venta del producto directamente a particulares, colocaba un precio arbitrario y establecía las cantidades a comprar.

El objetivo del estanco no era estancar la despuntante economía cubana, como su nombre lo sugiere, sino el de centralizar la producción de los puros en una fábrica de la Corona Española. O sea, la clásica miopía de los monopolios que al final los lleva a implosionar y a hacerse talco ellos mismos.

Es necesario destacar que esta práctica, de dirigir y controlar hasta lo más mínimo, fue exitosamente vuelta a poner en práctica, extendida a todas las producciones del agro, a partir de la segunda mitad del siglo XX, y hasta la actualidad.

Como consecuencia directa de su aplicación se ha obtenido el brillante resultado de un éxodo masivo del campesinado hacia las ciudades y más allá de las fronteras también. De esa forma la yerba mala y otras plantas salvajes e indeseables se han apoderado de los campos cubanos convirtiéndolos en inservibles para el cultivo de cualquier planta.

Volviendo por donde andábamos. Esas justas y nobles medidas, desde el punto de vista de la Corona Española, dieron lugar a malagradecidas protestas y sublevaciones por parte de los insensibles vegueros contra este Real atropello. Y se formó lo desagradable a escala colonial.

De las protestas se escaló a varias rebeliones, le dieron candela a las plantaciones de los que estaban de acuerdo con el gobierno y, algunos vegueros, que estaban bien bravitos con el Estanco del Tabaco, hasta marcharon hacia la Habana a protestar enérgicamente.

La tercera de estas rebeliones fue reprimida mediante la ejecución de once cultivadores de tabaco cerca del paradero de la ruta 31, Santiago de las Vegas, localidad próxima a la capital.

Al final, imposibilitados de vencer al monopolio español, los más ricos habaneros cultivadores de tabaco decidieron pasarse al bando del gobierno y dejarse de jugar con candela. Ser objetivo y darse cuenta cuando se pierde es una buena forma de evitar dolor en el bolsillo y en el cuerpo e, incluso, la muerte.

Como vemos, esta demostración de la lucha de la iniciativa privada contra el monopolio estatal fue ferozmente aplastada (aplica lo mismo a todo el que ha tratado de tener una iniciativa privada en Cuba a partir de la segunda mitad del siglo XX, y hasta la actualidad).

La Historia invariablemente se repite, lo que los humanos tienen menos memoria que Doris cuando buscaba a Nemo. El Homo Sapiens se olvida convenientemente el por qué en otros tiempos les fue mal alguna decisión que se tomó, repitiéndolo en la actualidad para beneficio de los que gobiernan y descalabro de los que producen. Vuelven a tropezar con la misma piedra 300 veces. ¡Qué burros y tercos más malintencionados!

INGLATERRA IN DA HOUSE

Mambrú se fue a la Guerra.
Volvió con novia, esposa y querida.
La mamá de Mambrú

La actividad de atacar las posesiones españolas, y en especial Cuba, subió a otro nivel cuando en 1662 desembarcó en Santiago de Cuba una expedición inglesa compuesta por 900 flemáticos hombres vestidos con casacas rojas.

La idea principal que los movía era la posibilidad de invadir la isla y tratar de cultivar un té decente para el servicio de las 5 de la tarde.

Desafortunadamente el aburrimiento reinante en el lugar los aplastó. Tarde se dieron cuenta de que, debido al mal trabajo de la inteligencia naval inglesa, habían llegado como mes y medio después de los carnavales y aquello estaba más tedioso que una película soviética de la década de 1970.

No queriendo esperar un año entero para ver si el ambiente se animaba en las próximas festividades, permanecieron solamente un mes. Recogieron los matules y organizadamente se fueron por donde vinieron, no sin antes incendiar los edificios públicos como gentil gesto por el que aún se les recuerda cálidamente.

De paso, —y para que fueran recordados eternamente ellos y sus familiares más cercanos—, se llevaron los cañones del Castillo del Morro y las campanas de la iglesia local. La explicación de los historiadores a este saqueo inusual es que a la flema de los ingleses les molestaba los objetos que hacían bulla.

Si bien en ese momento perdieron interés en Cuba, ese desmadre que armaron en Santiago fue el ensayo general para que 100 años después atacaran y tomaran La Habana. Cien años exactos.

¡Esa excelsa flema y exactitud que comparten los relojeros suizos, los horarios cubanos y los militares ingleses!

Aparte de flemáticos los ingleses no eran tampoco bobos. La Habana había sido por los últimos 200 años el lugar obligado donde los barcos españoles, —que participaban en la mudanza del oro y otros tesoros desde las colonias hacia la metrópoli—, hacían la última parada antes de cruzar el Atlántico.

La Habana ya tenía una población que rondaba los 35 mil habitantes, la tercera del continente; solamente superada por Lima y ciudad México.

Este dato es importante porque aún no había empezado la emigración interna de palestinos (también conocidos como "orientales) que comenzaron a asediar y a radicarse en cualquier terreno de la capital de todos los cubanos desde finales del siglo XX, y aún continúa.

O sea, en los censos de ese tiempo los números obtenidos contaban como habaneros de pura cepa.

Ocupar La Habana, aparte de lo que reportara el saqueo de rutina (en ese momento había fondeados en la bahía alrededor de 100 navíos mercantes bien repletos de lo que ya sabemos, un botín que le hubiera volado los sesos a cualquier pirata, corsario o flota inglesa).

La Habana tenía también sus astilleros en los que construían algunos buques auxiliares y era un centro de abastecimiento de alimentos (sí, así como lo leen, aunque parezca raro en las condiciones actuales). Proveía de carne salada, verduras y frutas a los barcos que partían de regreso a España.

Una acción de este tipo también supondría la interrupción hasta nuevo aviso de las comunicaciones de España con sus colonias y la demostración del poderío de la flota inglesa.

Ya para ese entonces existía otro incentivo, no militar pero sí muy fuerte: conocer a las bellas criollas de la parte occidental de la Isla Grande pues ya habían interactuado, aunque muy poco, con las que moraban en la parte oriental, las cuales habían dejado una muy buena impresión en los atacantes.

En esta ocasión se prepararon a lo grande: trajeron 19 navíos de línea, 18 fragatas y diez mil soldados. Los barcos y los soldados venían armados hasta los dientes y con abundante provisión de alcohol, dizque para uso médico fundamentalmente.

Al frente de la expedición estaban el conde de Albemarle, los comodoros Benny Hill y Keppel, así como los almirantes sir George Pocock y sir Mr. Bean.

La alta disposición combativa de la tropa se garantizó totalmente cuando en Barbados, entre vítores y gritos de *¡Hurra!* de la tripulación, cargaron 11 000 galones de ron, 100 toneles de vino clarete y 900 barricas de vino tinto.

Según la *Libreta de Abastecimiento* de los expedicionarios, la distribución no era muy equitativa, pero de todas maneras motivaba a participar. La cuota era un galón de ron por soldado y 500 galones de vino por oficial.

Hubo ciertos escándalos cuando los soldados, y algunos oficiales, fueron sorprendidos cambiando parte de su cuota de bebestibles por no hacer guardia o por más comida, incidentes menores que generalmente suceden en estas actividades masivas.

La fuerza española, encabezada por el gobernador de turno, apellidado Prado, y el almirante Hevia, se llevó el susto de su vida al ver, frente a La Habana, tantos ingleses juntos y con ganas de fajarse; y adoptó tardíamente una actitud defensiva con la esperanza de ganar tiempo para ver si sucedía alguno de los tres milagros: llegaban refuerzos españoles, a los navíos ingleses los azotaba un huracán o que la fiebre amarilla destruyera al enemigo.

Pero calcularon mal. La cuota anual de milagros asignada a la colonia se había agotado y, penosamente, ninguna de las tres cosas sucedió. Tuvieron que prepararse, a como diera lugar, para enfrentar a los fanáticos seguidores del Manchester FC.

Unido a la perfecta disposición combativa inglesa (ya sabemos el por qué), hubo varias decisiones imbéciles (conocidas como erróneas en los medios oficiales españoles) y tardanzas en organizar la defensa de La Habana.

Esos fueron los factores fundamentales que permitieron a los ingleses tomar la plaza a pesar de las pérdidas que sufrieron en el ataque.

Como si ya no tuvieran bastante con las tropas iniciales, los ingleses recibieron refuerzos provenientes de las colonias del norte: dos regimientos de infantería, 3000 milicianos de las otras colonias inglesas y 256 rangers.

El final ya es historia y todo el mundo lo sabe, aunque el verdadero ganador de la contienda fueron las enfermedades. La disentería, la malaria y la fiebre amarilla diezmaron fuertemente las tropas de ambos lados. Los ingleses perdieron alrededor de 750 hombres en combate y más de 6,000 debido a las enfermedades.

Los españoles cedieron a regañadientes por la mala preparación y la falta de armamento y municiones. También trataron de enviar el oro y la plata que había en La Habana a otros lugares de la Isla, pero tampoco lo lograron. Vaya, que Prado y Hevia estaban salaos.

En fin, un descalabro de padre y señor de ellos. El gobernador Prado, fue juzgado en España por negligencia (influyó bastante el oro y la plata perdidos, como era de esperar) y si bien escapó de la condena inicial a muerte, perdió el empleo de gobernador, recibió la sanción de *Limitación Permanente de Derechos,* muriendo sin gloria y con bastante pena.

Después de 11 meses de ocupación, Inglaterra y España acordaron un canje en virtud del cual parte de la península de la Florida quedaría en manos de los ingleses a cambio del retorno a España, de La Habana y, Cuba en su totalidad.

Por ahí empezaba el desgajamiento del sistema colonial español.

Paréntesis aparte, la historia reconoce la actuación heroica del criollo Pepe Antonio (los amigos y allegados le llamaban cariñosamente José Antonio) como destacado defensor ante el ataque inglés.

Don Pepe se puso al frente de una milicia popular y se enfrentó valientemente a los ingleses.

Observación al margen: cuando se dice milicia popular en este lado del Mundo, se refiere a un grupo de vecinos que se reúne los domingos a jugar dominó y degustar alimentos ligeros y bebidas fuertes, no saben nada de armas ni de pelear contra un ejército profesional, y cuyo número no sobrepasa la veintena de efectivos.

Don Pepe era oriundo de la población cercana de Guanabacoa y le tenía mala voluntad a todo lo que tuviera que ver con Inglaterra porque había obtenido muy bajas calificaciones en la asignatura de inglés en 8vo. y 9no. grados.

Para colmo se decía que Pepe Antonio estuvo enamorado de la maestra que impartía la susodicha asignatura y ella, muy profesional, nunca le correspondió. Esto último no ha sido ni confirmado ni negado por la profesora ni por Pepe.

El botín total obtenido por los ingleses al tomar La Habana fue de alrededor de 750,000 libras. Esta cifra se obtuvo sumando el efectivo hallado en los cofres públicos al valor de los barcos incautados, los cañones de bronce, el azúcar, tabaco y otras mercancías.

La distribución del botín entre las tropas inglesas que sobrevivieron fue tan justa y equitativa como la del ron y el vino del comienzo de la contienda.

De esa forma los almirantes Pocock y Albemarle obtuvieron más de 122,000 libras y los capitanes de barco tocaron a 1,600 por cabeza. Lo que iba quedando se fue dividiendo según la graduación militar. Así, los soldados rasos y marineros (últimos pelos de la cola del ratón para recibir beneficios, pero los primeros en la lucha para recibir las balas y sablazos españoles) recibieron un Certificado de Reconocimiento, dos racimos de plátano, una fruta bomba pintona, las muchas gracias y un poco más de 4 libras por haber participado en la hazaña bélica.

Hay que mencionar que las relaciones de los ingleses fueron bastante normales con los habitantes, exceptuando algunos casos puntuales. Destaca el obispo de La Habana, Morell de Santa Cruz, viejo intransigente pero ilustrado, que desafió a los ocupantes y después de varias disputas con Albemarle (que se había autoproclamado Capitán General de Cuba, como corresponde) fue enviado a la Florida.

Las relaciones entre ellos dos fueron malas desde el principio debido a las exigencias de Albemarle por obtener de la Iglesia un tributo mayor. *"Lo menos que puede usted dar son diez mil pesos como donación al general conquistador"* desfachatadamente le había exigido Albemarle.

El inglés no imaginó que quizás la Iglesia pudiera hacer algunas concesiones en ciertos campos, pero hay dos en los que eso es imposible de lograr: Negar la palabra de Dios y, tratar de tocarle el bolsillo al Vaticano.

Si dicha suma iba a ser para el provecho y disfrute personal del almirante inglés o si sería entregada en su totalidad como parte del botín, es algo que aún se investiga y nadie se pone de acuerdo.

La captura de la ciudad por los británicos fue la señal para comenzar la verdadera invasión de la isla, a cargo de los mercaderes ingleses. Desde América del Norte llegaron variados productos alimenticios y desde Inglaterra arribaron lienzos, lanas, vestidos.

De momento la Isla se vio abastecida de muchos de los artículos por los que los cubanos habían suspirado en vano por tanto tiempo.

Baste decir que, durante los once meses de ocupación, en el puerto de La Habana entraron más de 700 barcos mercantes, cuando el promedio anual anterior era de alrededor de quince en ese período de tiempo.

El Sindicato de Marina y Puerto, al que estaban afiliados los estibadores, protestó en varias ocasiones pidiendo aumentos salariales y seguro médico, pero no tuvieron el éxito esperado ni las concesiones que pedían.

En ese período se potenció también la llegada de barcos negreros. Esa importación de mano de obra barata ayudó mucho a Cuba en su acelerada y constante carrera azucarera. De modo que, en un período de treinta años, —al igual que en Carolina del Sur y las demás islas británicas del Caribe, pero al contrario que las posesiones españolas en el continente—, Cuba tendría una mayoría de población negra o mulata.

Esta importación sin freno de esclavos, combinada con los acuerdos comerciales a largo plazo, fue la más destacada característica de la aventura inglesa en Cuba.

Es indudable que, de no haber sido por la existencia de condiciones favorables para aumentar la mano de obra, la disposición de los propietarios a invertir en este sector y el crecimiento del número de diabéticos en el mundo, la industria del azúcar no se hubiera desarrollado tanto en Cuba.

La toma de La Habana por los ingleses fue un suceso muy importante también para los criollos porque les sacudió la conciencia. Se liberaron muchas cosas que hasta ese momento España mantenía en su puño: comercio, prédicas religiosas y, —un fenómeno muy interesante—, muchas cubanitas se enamoraron de los cabellos rubios, el proceder flemático, los ojos claros, y el idioma importado de los ocupantes ingleses.

Había hasta una canción que molestaba a los machos-alfa cubanos donde se hablaba de las alegres muchachas criollas que se escondían en los grandes sacos de arroz vacíos para irse en los barcos con los británicos. Muchas se fueron con los ingleses olvidando La Habana, la familia, los novios y el idioma español.

En la actualidad los descendientes, de las que se quedaron en la Isla, añoran tanto la llegada de barcos ingleses de la misma forma en que les molesta que los sacos modernos para envasar arroz sean más pequeños que los usados en 1762.

La cultura también tuvo su impacto con la breve estancia de los ingleses. De ese tiempo surgieron dos expresiones que son de uso común actual. La primera es llamarle *"La hora de los Mameyes"* a un momento complicado en que se necesita tomar una decisión importante. Esta expresión se originó en referencia al color de las casacas militares de los ingleses.

La otra es más popular y gráfica, *"Cuidado no te cortes con vidrio Inglés"*. Resulta que la sazón gastronómica encontrada en La Habana, unida con los calores tropicales y lo poco potable del agua fue la tormenta perfecta para los estómagos ingleses.

Se comenta que en las mañanas amanecían la mayoría de las calles de la capital llenas de excrementos, como resultado de la actividad digestiva descontrolada de las guardias y rondas nocturnas efectuadas por el ejército de ocupación. Entonces, para no ser descorteses con los hijos de la pérfida Albión, los habaneros utilizaban esta frase para alertarse mientras caminaban y esquivaban.

Esta queja de los pobladores se atendió de manera casi inmediata (según el estándar cubano de demora) cuando, algo más de 200 años después, se crearon los baños públicos en La Habana, lo cual ayudó a subsanar este problema y, de paso, crear la plaza de Cuidador/Custodio de Baño Público "C", quien sentado en la entrada cobra y proporciona el papel doblado y el cubo mediado de agua.

La posibilidad de que Inglaterra se anexionara Cuba, una idea que no preocupaba ni disgustaba a la mayoría de los cubanos, generaba rechazo en otras colonias británicas como Jamaica. Las razones de esta oposición radicaban en la considerable extensión territorial de Cuba y su creciente desarrollo en la producción azucarera. Estos factores amenazaban con desplazar a Jamaica de su posición preferente ante Londres y en el mercado azucarero, más pronto que tarde.

Sus amigos tenían mucha fuerza en el Parlamento londinense e inclinaron la balanza a favor de negociar la entrega de Cuba por alguna concesión de otros territorios. De esta forma, se firma la paz entre Inglaterra y España en febrero de 1763 y los ingleses abandonaron La Habana en julio de ese mismo año.

Los ingleses se marcharon por una puerta y por la otra La Habana recibió al nuevo gobernador español con el mismo entusiasmo con el que, un año antes, habían recibido a lord Albemarle.

Y SIGUEN LLEGANDO

Para gente tanta, cama no hay.
Yoda, Jedí Máster

En 1791 la historia del Caribe fue violentamente alterada por la primera revolución exitosa de esclavos en las colonias europeas ubicadas en el Nuevo Mundo. Como ya sospechan, nos referimos al extenso y coagulante baño de sangre que tuvo lugar en Saint Domingue, actual Haití.

Para Cuba las consecuencias de ese traumático acontecimiento fueron económicas y sociales: el comercio azucarero francés, otrora rey y señor indisputable, quedó hecho tierra, con lo que Cuba, sin querer, —pero aprovechando la ocasión que no había pedido, pero si deseado—, se libró del mayor rival en esta esfera.

Nótese que el precio del azúcar en el mercado aumentó un 100 por ciento entre 1788 y 1795. Aunque la producción cubana se mantuvo sin grandes cambios, los hacendados de la Mayor de las Antillas amasaron inmensas ganancias en ese período. O sea, que, —sin esforzarse más y produciendo lo mismo—, las ganancias se dispararon. ¡Tremendo vacilón!

La otra consecuencia, —confirmando una vez más la Tercera Ley del Karma—, es que Napoleón —timonel del momento en Francia—, dio el primer y decisivo paso para la fabricación en Europa del azúcar de remolacha.

Según reflejó en un editorial de la época el diario francés *Le Fígaro*: "*C'est un petit pas pour un homme, un pas de géant pour l'humanité.*" Algo así como: "*Este es un pequeño paso para un hombre, un gran salto para la humanidad*".

Con esta decisión se dio el disparo de salida para la carrera entre los dos tipos de azúcares.

Desde ese momento, ya no fue igual endulzar un té inglés con dos cubitos de seria y circunspecta azúcar de remolacha, que un café carretero con una cucharadita de azúcar proveniente de la guapachosa y tropical caña de azúcar.

La tercera consecuencia para Cuba fue social. Muchos habitantes de Saint Domingue se exiliaron en Cuba, particularmente en la zona oriental del país: Santiago, Guantánamo, Baracoa y otras poblaciones al pie de la Sierra Maestra.

Ellos no solamente trajeron elementos del vudú, la peluca empolvada y el vestido a lo parisién; sino también terribles historias de violación, muerte, saqueo y destrucción.

Fuentes cercanas a los estudios de cine *Taínoscope* han declarado, en calidad de anonimato, que los pasajes más grotescos del guion de las cinco películas de la saga *La Purga* se basaron en los relatos de estos inmigrantes, a los que les fueron omitidas las partes más violentas para no horrorizar demasiado a los cinéfilos del siglo XXI.

Los hacendados franceses de marras llegaron con los zapatos sin abrochar y el rostro espantado por el escape acelerado que tuvieron que hacer para salvar el pellejo.

La parte positiva es que desde ese momento se potenció el cultivo del café en la región oriental cubana, así como el aumento en la natalidad de niños con apellidos Laferté, Laffita, Despaigne, Montalban, etc.

En nuestros días ya solamente se cultivan los apellidos, del delicioso néctar negro humeante, ni rastro.

Debemos detenernos un poco más en este traumático acontecimiento histórico, la Revolución Haitiana de 1791—1804; porque influyó mucho en la forma de pensar del cubano que se iba formando en la atmósfera de la colonia.

Esta gesta increíble, llevada a cabo por los negros vecinos, le puso la cabeza mala a los esclavistas de la casa propia.

Fue una rebelión prolongada y violenta en la que esclavos africanos y criollos desafiaron dos de las instituciones centrales de la época: la esclavitud y el colonialismo.

Un desafío profundo y sin precedentes que echó a volar la imaginación calenturienta de los esclavos y las personas libres de color en Cuba que, aunque pocas, ya existían como resultado de que les habían autorizado a comprar su libertad.

La prensa conservadora de la época lo reportó así: *Toussaint revolvió el gallinero*. Por su parte, los liberales dieron su propia versión de los hechos y titularon su reportaje: *Toussaint la puso buena*.

Al llegar, los esclavistas franceses, eran entrevistados por autoridades locales de inmigración según el protocolo establecido para el evento. Al aprobar estas entrevistas iniciales, también llamadas de *Miedo Creíble*, la mayoría puros trámites formales, eran admitidos bajo palabra en la Isla.

Debido a esta cercanía geográfica, el hecho de que Cuba iba suplantando a St. Domingue en la producción de azúcar y café, y al rápido crecimiento de la esclavitud en esta época, el temor tradicional *"al Coco"* y al *"Tipo del Saco"* empezó a ser reemplazado por el llamado *"Temor al Negro"*, el cual se mantuvo por mucho tiempo, y aún quedan restos, en la psiquis nacional.

Es necesario precisar que en la actualidad estos temores se han mantenido entre las damas, a la vez que causan envidia de los caballeros hacia el largo desmedido del miembro viril de los negros.

Según cuenta la leyenda, a ninguna dama le ha dado dolor de cabeza repentino ante las insinuaciones de hacer el amor cuando han apreciado el equipo en posesión de la contraparte masculina negra. Mas bien el dolor lo han sentido después en otras partes alejadas de la cabeza, muy tarde para arrepentirse.

Algunas fuentes con experiencia afirman que eso es otra de las leyendas urbanas existentes, pero como nadie tiene la verdad absoluta, se recomienda cautela en las relaciones amorosas con estos sujetos para que no haya sustos que lamentar.

Pues bien, el despetronque mayúsculo sucedido en el actual Haití impactó con gran transcendencia en la historia de Cuba, incluso algunos estudiosos de la materia, —sin tener otra cosa más lógica o relevante que inventar—, le echaron la culpa del inicio tardío de la lucha por la independencia nacional a este evento traumático.

Los esclavistas locales estaban realmente alarmados y aplicaron el enunciado de la conocida Cuarta Ley de la Gravedad: *"Cuando veas las bardas de tu vecino arder, pon las tuyas en remojo"*.

De esa forma trataron de mantenerse a buen recaudo de posibles sublevaciones *Made in Negro*, recaudando a paso de conga, todo lo que pudieron, y más, de las plantaciones y las espaldas de los esclavos locales.

Cuando ya muchos otros lugares del Nuevo Mundo no disfrutaban de los beneficios de ser colonias españolas y se encontraban en los primeros escalones hacia el estatus pleno de República Bananera, que adquirieron finalmente en el siglo XX, Cuba seguía estoica y pacientemente siendo colonia.

El miedo a que los negros esclavos cubanos quisieran filmar la Segunda Temporada de la Revolución Haitiana en estudios locales, —con la misma saña, ira, rencor, violencia sexual y más muertes que las de la primera temporada de la serie Espartaco—, demoró lo que debía pasar por ley natural y que sucedería como 80 años después, en 1868. Pero para llegar allá todavía faltan algunos párrafos y dos o tres condiciones objetivas y subjetivas.

Así las cosas, en 1808 la corona española sucumbió frente a Napoleón, el cual colocó a su hermano mayor Joseph-Napoleón Bonaparte (conocido cariñosamente como Pepe Botella por rumores de que era abstemio, según algunos historiadores), en el trono de la Madre Patria, haciendo caso omiso de los manifestantes de los movimientos Green Pace y Me Too que acusaron al Gran Corso de Nepotismo.

Pero a todo el mundo le llega su turno. Pepe Litro salió de España chillando gomas y quemando el calzado en 1813, después que las tropas francesas fueran desbaratadas en la batalla de Vitoria. Inteligentemente se alejó del Viejo Continente, —por si las moscas—, y emigró a los Estados Unidos donde se estableció definitivamente.

Regresando al Mar Caribe, y para ponerle el punto a la i, en julio de 1808, el gobernador de turno en Cuba, Salvador de Muro y Salazar, que se moría de aburrimiento por no saber jugar dominó del 6, y tampoco tener mucho contenido de trabajo, reunió a las autoridades insulares y declaró la guerra a Napoleón, o sea, a Francia, al Francés y a los Franceses.

Ello produjo el comportamiento tipificado en los libros de psiquiatría como *"Taflu Syndrom y Soffa"* (*"Síndrome de Botar el Sofá"* en castellano) cuando el pueblo, sin lo necesario en el lugar adecuado para ir a cantarle las 42 en RE sostenido a Bonaparte dondequiera que este se encontrara, se decidió valiente y heroicamente a asaltar las casas de muchos indefensos y tranquilos emigrantes franceses radicados en Nipe, Holguín, Sagua, Mayarí, Santiago, Baracoa, Guantánamo, etc.

Según los estudiosos de la materia, esa es la raíz histórica e histérica de los llamados *Actos de Repudio Revolucionario* que han llevado a cabo hordas de "valientes" fanáticos de la izquierda tropical, bajo la dirección del gobierno actual, contra sus vecinos, amigos y compañeros de trabajo, incluso familiares; desde la segunda mitad del siglo XX y en todo lo que va de este siglo XXI.

Estas actividades, llenas del más puro terror revolucionario, forman parte de las mejores tradiciones izquierdistas de la cultura barriotera nacional y es la *Continuidad Histórica* en la política estatal, como lo definió claramente el actual presidente cubano Mr. Puesto Adedo Díaz Bermúdez.

La historia, caprichosamente, siempre se repite.

Pero la emigración desenfrenada hacia Cuba no se detuvo ahí. Al parecer todavía éramos pocos y siguió pariendo Catana.

Por ejemplo, como había espacio suficiente para seguir llenando el país, —el primer censo de población (1774) mostró la existencia de solamente 171,620 habitantes en los 110,000 km² (menos de 2 habitantes por kilómetro cuadrado y sin celulares para comunicarse)—, también se recibió con brazos abiertos y grandes pancartas de bienvenida, en 1803 y 1804, a miles de emigrados españoles que habían puesto pies en polvorosa cuando se enteraron de que la Luisiana había sido vendida por Francia a los Estados Unidos.

Este fue un triple error de cálculo por parte de aquellos en el poder, ya que: a) no se dieron cuenta de que España estaba en declive y ya no mantenía su estatus de gran potencia mundial; b) no percibieron que la situación social en Cuba se estaba calentando a un punto crítico, más allá del cual ya no sería posible 'cocinar galletitas', en sentido figurado; y c) no anticiparon que, en aproximadamente 120 años, Estados Unidos emergería como la nueva potencia dominante en el escenario mundial."

Brutal falta de visión a futuro. Aún los descendientes de esos repatriados españoles siguen molestos con sus ancestros.

Pero los arribantes a Cuba no eran solamente almas en desgracia y buscadores de fortuna, también venían a establecerse en la Isla desde muchos lugares y con distintas profesiones.

Desde 1815 un grupo cada vez mayor de comerciantes norteamericanos venían llegando a La Habana, Trinidad, Matanzas y Santiago de Cuba. También se sumaban franceses, como los que se establecieron en la bahía de Jagua fundando el puerto de Cienfuegos.

Entre diciembre del 1818 y diciembre del 1819 arribaron a Cuba 1,332 inmigrantes, entre los que se encontraban también portugueses, alemanes, irlandeses, italianos, serbios y otras sabandijas sin nacionalidad que venían de polizontes.

En la segunda mitad del siglo XIX no llegaban solamente comerciantes. Según los datos suministrados por D'Viajeros, el formulario de la Aduana para brindar información adelantada de entrada a la República de Cuba, entre ellos había agricultores, dueños de mypimes, carpinteros, cogedores de ponches de bicicleta, albañiles, desmochadores de palmas, panaderos y toneleros.

En esos tiempos emigrar a Cuba desde cualquier parte del mundo era beneficioso para los inmigrantes. En la actualidad sucede casi exactamente lo mismo; es beneficioso para los cubanos emigrar para cualquier otra parte, donde quiera que sea, del mundo.

Se complica el juego

A pesar de la movida esfera social, el siglo XIX Cuba lo empieza con el pie derecho. La colonia se desarrolla notablemente durante la primera mitad del mismo gracias a las reformas económicas del superintendente Claudio Martínez de Pinillos.

Uno de los principales aciertos de Claudín (como le decía su abuela paterna) fue la introducción del ferrocarril en 1837, con la línea La Habana-Güines. La primera bestia de hierro de todo el mundo hispánico, para describir este suceso lo más cursi posible.

La puesta en funcionamiento de este moderno medio de transporte potenció el comercio y el traslado de personas. También tuvo gran impacto social al crear un nuevo entretenimiento para los adolescentes ociosos del sur de la capital: caerle a pedradas al tren en movimiento sin otro motivo que el puramente deportivo.

Al uso del ferrocarril en Cuba se le han añadido importantes funciones colaterales, a través de los tiempos, que lo hacen un ejemplar único en su especie.

Por ejemplo, desde finales del siglo XX se viene utilizando para sacrificar ganado mayor (cualquier variante del vacuno). Es la forma más sencilla, económica y rápida de hacerlo.

La técnica empleada, aunque sencilla requiere precisión y experiencia. Consiste en dejar al animal amarrado (que casi siempre no es de la propiedad de quienes lo amarran) y pastando sobre la misma línea del tren, y esperar a que el tren a toda velocidad haga el resto.

Estudios del Conservatorio de Broadway confirman una efectividad superior al 92 %. Si es en una curva con poca visibilidad, las posibilidades de éxito ascienden a más del 98.3 %.

Después que el tren hace su tarea, los participantes del sacrificio, cuchillos en mano, aceleran el proceso de corte y distribución de manera express.

Sin importar los éxitos económicos; la atmósfera política y el descontento social en Cuba se comenzó a caldear aceleradamente, como veremos a continuación.

No importa cuales fueran los grados Fahrenheit que tenía el apendejamiento local con lo sucedido a los vecinos de Saint Domingue y, por consecuencia directa de la férrea dominación española, a lo largo del siglo XIX comenzaron a levantarse voces que señalan la situación existente, cada vez más explosiva.

Desde fecha tan temprana como 1802 se reporta una corriente alterna en la llamada Ilustración Reformista cubana. El movimiento se aglutina alrededor del obispo de La Habana Juan José Díaz de Espada Fernández y Landa. La actividad de este grupo se dirige más a la esfera social y del pensamiento que a la económica.

Aunque su proyección no es homogénea, todos sus integrantes muestran adhesión a las ideas políticas modernas, una tendencia descentralizadora y autonómica y la ponderación de lo cubano. ¡Ojo, España, que ya estaban empezando a serrucharte el piso en el Caribe insular!

Es difícil de digerir, pero el obispo Espada fue antirracista, antiesclavista, antilatifundista, antiotras muchas cosas, crítico de la oligarquía y asumía un proyecto de desarrollo sobre la base de la pequeña propiedad agraria.

En esta corriente circularon varios electrones libres bien conocidos: Félix Varela, José de la Luz y Caballero, José Antonio Saco, Felipe Poey y Domingo del Monte; la mayoría incluidos en el Todos Estrellas Cubano del Siglo XIX.

Así las cosas, alrededor del 1810 se descubre la primera conspiración independentista, liderada por el masón Román de la Luz. Ni los hacendados ni los intelectuales le hicieron mucho caso y la conspiración de Román de la Luz se apagó sin haber alumbrado mucho.

Como sucede a los primerizos; pocos resultados, pero mucha adrenalina.

En este caso las autoridades de la Isla agarraron a los conspiradores "asando maíz" antes que decidieran tirar la primera piedra. Resulta que Francisca de los Dolores, esposa de Román, se había ido de lengua en una confesión a un cura, muy beata ella, porque sentía que se estaba actuando contra el Trono Español y el Altar Católico.

El cura lo hizo peor porque le reportó con original y dos copias, lo que se estaba cocinando, a las autoridades. No solamente violó descaradamente el secreto de confesión, sino que chivateó de gratis, lo cual nunca se lo perdonó la alta jerarquía eclesiástica en la Isla.

Según el *Sacra Manuale Ethicorum*, el que no cobra los favores es un pendejo.

Por este servicio, Francisca obtuvo la absolución de sus pecados terrenales, los conspiradores blancos recibieron diferentes penas de cárcel y algún que otro destierro que se apuntó en el hielo. Por su parte los conspiradores negros recibieron cárcel, azotes públicos, leña al gusto y los que eran libres volvieron a ser esclavos sin la posibilidad de ser libres nunca.

Aunque algunos ganaderos habían pensado en algo así como la independencia, los magnates de La Habana y Matanzas, que tenían la producción de azúcar nacional cogida por el mango, estaban empezando también a dejar a mirar para el lado de España y comenzado a otear el horizonte norte, donde estaban los jóvenes y pujantes Estados Unidos.

Hay que destacar que esta situación en la Siempre Fiel Isla de Cuba sucedía bajo el influjo coincidente de la gesta emancipadora en el continente comenzada en 1810 (¡qué año ese más fatal para los intereses coloniales españoles, joder!) con la declaración de la junta provincial de Caracas donde destituían y le decían: *Hasta la vista, ¡Baby!* A los virreyes de Buenos Aires y Nueva Granada.

En una especie de libertinaje tropical, aunque todavía normado, proliferaron en la Isla logias masónicas y sociedades secretas. Vaya, que la gente empezó a entretenerse en otras cosas además de cultivar caña, tener sexo con las esclavas, pasear los domingos por el Prado y leer novelas rosas de Corín Tellado.

Y cuando se habla de conspiraciones es con todo conocimiento de causa, de tipos sin rostro enfundados en el medio del verano en sobretodos oscuros y sombrero calado hasta la barbilla, que tocaban a puertas desconocidas en la medianoche y preguntaban entre dientes: *¿A qué hora mataron a Lola?*

Si desde adentro no respondían rápido con la hora exacta: *A las tres de la tarde*, entonces estabas en problemas.

En 1812 se registró otro intento por conseguir la independencia nacional. Como está fehacientemente demostrado, es más fácil copiar del vecino, —con más derecho si a este le salió bien el experimento—, que ser originales y crear las cosas por sí mismos.

Por lo tanto, y siguiendo el ejemplo de Haití, este movimiento insurrecto en Cuba fue lidereado por el mulato José Antonio Aponte, cuyo objeto era lograr la libertad de Cuba y, seguro que adivinaron: establecer un gobierno negro.

Aponte era carpintero tallador y Cabo Primero del Batallón de las Milicias Territoriales de Pardos y Morenos, todo lo cual no le sirvió de nada a la hora buena.

El 7 de abril de 1812 fue capturado y ahorcado junto con ocho de sus correligionarios. Como era usual no hubo juicio previo. Pero la cosa no paró ahí. Recordando las ejecuciones de lo peor de la Edad Media, las autoridades exhibieron la cabeza de Aponte dentro de una jaula de hierro en la Calzada de Jesús del Monte, lugar muy populoso y conocido por ser la vía donde circuló el famoso Camello M6 a finales del siglo XX y principios del XXI.

A parecer esta conspiración tuvo ramificaciones en distintas partes de la geografía nacional. Hubo algunos levantamientos de escasa intensidad donde se contaron hasta algunos muertos. Esta situación causó escalofríos en la columna vertebral y cólicos intestinales agudos a los criollos. Recuerden Haití.

Otras dos importantes conspiraciones fueron abortadas en esta etapa, la de los *Soles y Rayos de Bolívar* (1823), en la que participaba el poeta José María Heredia —exponente cumbre del romanticismo literario cubano— y más adelante la de la *Gran Legión del Águila Negra*, alentada desde México.

La primera estaba cuidadosamente organizada, principalmente por masones (y siguen inquietos los masones) por todo el territorio nacional. La dirección corría a cargo de José Francisco Lemus, republicano nacido en La Habana que había alcanzado los grados de coronel en el movimiento independentista colombiano. Su lugarteniente era de Haití. Y vuelve Haití a la sopa, para desconsuelo y temor de los hacendados criollos.

El fin, o *Koniec*, es similar a las anteriores: Lemus fue capturado y encarcelado junto con la mayoría de sus más cercanos seguidores. El fraile Félix Varela y el poeta José María Heredia se desaparecieron del país antes que le echaran el guante.

Los esclavos que se rebelaron fueron liquidados sin darle el ¡Alto Tres Veces! Como siempre, los que no tienen nada que perder son los que terminan perdiéndolo todo. Perra vida.

Hay una máxima que reza así: "Siempre que algo va mal, no importa lo que hagas, invariablemente se pondrá peor".

En 1825 le quitaron el bozal y le soltaron la cadena al Capitán General Dionisio Vives. Oficialmente le dieron "facultades omnímodas". Para los que no entendieron, eso significa que los derechos garantizados por la ley hasta ese momento se fueron por encima de la cerca del jardín central.

Algunas de las medidas tomadas fueron la prohibición a la importación de libros que fueran "contrarios a la religión católica, a la monarquía, o que, de alguna forma, abogaran por la rebelión de vasallos o naciones".

Basados en este decreto, se requisaron y destruyeron todos los ejemplares existentes de "La Rebelión en la Granja", "Las Obras completas de Mafalda", "1984" y "Cocina al Minuto con N. Villapol", entre otros.

Ente 1826 y 1827 fracasaron otras pequeñas conspiraciones que, como factor común, terminaron con el ahorcamiento de los involucrados. En ese tiempo estaba prohibida la ejecución por inyección letal al considerársela un método inhumano y muy costoso, por eso siempre se ahorcaba a los del bando que perdía.

Para sazonar mejor el caldo llegaron, ¡Y vaya que siguen llegando gente!, alrededor de cuarenta mil soldados españoles. También se experimentó un crecimiento inflado en las plantillas de informantes, chivatientes, espías profesionales y guarapitos.

La ley marcial estuvo azotando las libertades en la isla por cincuenta años.

En ese momento Cuba pasó a ser una anomalía política inexplicable: cada día más rica, pero viviendo bajo una rigurosa ley marcial de facto.

LO QUE EL VIENTO SE LLEVÓ

Eyes que te vieron ir, never te verán comeback.
Toshiro O Ichi Mifune

Un hecho que ha marcado la historia nacional lo protagonizó Matías Pérez. Basado en su vida hasta se hizo la famosa telenovela pasional *"El que se fue sin decir Adiós"*, que ganó tres premios *Lo Nuestro*.

Si los aborígenes fueron los primeros en salir como turistas por vía marítima, —como ya vimos—, la historia recoge a Matías Pérez como el primer viajero que salió de Cuba por vía aérea.

El *Senhor* Matías Pérez, nacido en Portugal a principios del siglo XIX, y establecido en La Habana al frente de un próspero negocio de sastre y toldero, —dos especialidades que no tienen nada en común a no ser la tela por donde cortar—, fue el protagonista de esta hazaña.

A Pérez le iba tan bien en su negocio que los vecinos de su circunscripción de la calle Neptuno, cerca de Prado, —en la Habana Vieja—, comenzaron a llamarle *O rei dos toldos* o *El Rey de los Toldos*, como solía decirle su familia portuguesa.

Aunque Matías Pérez no fue el primer piloto de globos en suelo cubano, si es el que más se recuerda, extraña y envidia. Incluso en algunos círculos es considerado el Santo Patrono de todos los que abandonan el país por vía aérea.

Santo al que se encomiendan aquellos que se montan en cualquier cosa que pueda volar, sin importar el estado técnico, la edad de la nave, el prestigio de la compañía que lo opera ni el destino a donde se dirige. La idea es irse, salir, emigrar a donde sea.

Antes que él, volaron desde La Habana el francés Eugene Robertson (quien se elevó en globo el 19 de marzo de 1828), el también

111

galo Adolphe Theodore (quien hizo tres ascensiones en 1830), y el cubano Domingo Blineau.

El Sr. Blineau fue galardonado con el trofeo *Inflador de Primer Grado* que se le otorgó por ser el primer cubano que construyó un globo desde cero y produjo gas hidrógeno como combustible en la MiPyme que fundó y dirigió durante unos cuantos años.

En 1856 llegó a la Isla otro francés, Eugene Godard, quien era un renombrado piloto probador y constructor de globos. Los historiadores suponen que, en ese tiempo, en Francia no tenían muchos asuntos terrenales en qué ocuparse, por la cantidad de horas que pasaban subiendo y bajando en globos.

Monsieur Godard realizó algunos vuelos de exhibición que impresionaron a las damas de rancio abolengo y a los lánguidos mozos que pululaban en manadas por el Campo de Marte y El Coppelia de la Rampa. De paso le cortaron a rente la respiración a los que les interesaba volar bien lejos de cualquier forma, pero no tenían los medios para hacerlo.

Como La Habana de ese tiempo no era muy grande y casi todo el mundo iba a las mismas actividades sociales, Eugene conoció y se hizo amigo rápidamente del entusiasta Matías Pérez, con quien incluso compartió de pareja de mesa en varias extensas jornadas dominicales de dominó.

Aparte de la pasión por el dominó, los dos compartían la de volar. Y los dos volaron juntos por primera vez, en un globo, el 21 de mayo de 1856.

Matías había quedado fascinado por el francés y su globo, y decidió comprarlo, el globo, para seguir volando... en globo, pero por su cuenta.

Como conocía a cabalidad los procedimientos oficiales de la Cuba de entonces; pidió por escrito la Carta Blanca (también conocida como Permiso de Salida) al general español José Gutiérrez de la Gran Concha, Capitán General de Cuba en ese momento.

Este documento le autorizaba a elevarse en globo y dejarse caer en cualquier lugar de la geografía nacional.

El primer vuelo como protagonista único tuvo lugar el 12 de junio de 1856, con excelentes condiciones atmosféricas. Pérez voló desde la Plaza de Toros de entonces (hoy la primera parada de la extinta ruta 13 en el Parque de la Fraternidad) hasta el fuerte de La Chorrera (5,300 metros hacia el oeste).

Según algunos historiadores este primer intento fue para que las autoridades se relajaran y tomaran confianza en que los vuelos eran controlados y tenían el retorno garantizado.

Matías no era dado a esperar mucho y el segundo vuelo, —y último—, tuvo lugar el 29 de junio de 1856. Los periódicos locales informaron que ese día el viento era demasiado fuerte, haciendo que Matías Pérez retrasara su ascenso. Pero la decisión era firme y las ganas de volar y desaparecerse más que suficientes, así que finalmente decidió ascender al atardecer, alrededor de las 7 de la noche.

Los espectadores postearon en sus redes que el globo se elevó rápidamente por efecto de los aires cálidos, posiblemente a más de 2,000 metros, y se movió a la deriva, hacia el norte, sobre el Estrecho de la Florida. Cuando las autoridades de inmigración vinieron a reaccionar ya era demasiado tarde.

Chirrín chirrán, ojos que te vieron ir, no te verán volver. Nunca más fue visto.

El general Gran Concha ordenó una búsqueda exhaustiva y meticulosa en las provincias de Pinar del Río y La Habana, la cual resultó infructuosa. No se encontraron rastros del aerostato y menos del *Sehnor* Pérez.

Los cubanos se quedaron desconsolados esperando el retorno de Matías, culpándose por haberlo dejado irse solo, de no haberlo acompañado en tamaña aventura.

Pero esta historia del primer turista aéreo cubano no terminó ahí.

El viaje en globo, —con solo ticket de ida—, creó cierta repercusión dentro y fuera de la Isla, reacciones encontradas. El emprendimiento de Matías, paseo aéreo sin retorno, no prosperó en la sociedad cubana de ese entonces. Las Cartas Blancas se volvieron extremadamente difíciles de conseguir. Era obvio que sucediera eso, debido a la negativa del retorno de Matías el Toldero.

Pero en el exterior los fanáticos de los viajes en globo crearon grupos de WhatsApp, incluso en varios idiomas, para comentar y seguir la experiencia de los globonautas. Uno de los fans más activos de esos grupos fue Julio Verne, quien en su cuenta de TikTok reconoció que su libro *"La Vuelta al Mundo en Ochenta Días"*, publicado en Francia en 1872, había sido inspirado en el vuelo de Matías Pérez.

Casi 167 años después, —a principios del 2023—, los radares de los Estados Unidos reportaron el paseo, a su aire, de un globo por encima de varios estados de la Unión Americana. Según la trayectoria concluyeron que podía ser un globo de turismo con tecnología obsoleta y no le prestaron mucha atención.

Si bien la prensa sensacionalista de ese país señaló que el globo era un artefacto maligno espía de procedencia china, —uno de los enemigos de turno—, los estudiosos coincidieron que el material del globo analizado se semejaba mucho al de los toldos que se comercializaban en La Habana en la década del 1850.

Esta conclusión concuerda con lo publicado por el conocido medio *The Washington Times* que, —citando fuentes anónimas—, afirmó que *"el prestigioso Laboratorio Especializado en Objetos*

Volantes Inexplicables (LEOVI) del FBI está activamente ayu-
dando a procesar los restos recogidos del globo, que hasta ahora
incluyen partes de la cubierta, cables y otros componentes que
probablemente datan del siglo XIX".

Otra posible prueba de que Matías podía estar al mando del globo turístico la aportó la cadena televisiva Al-Jazeera, que publicó en su horario estelar (al finalizar la novela turca) unas fotos que se filtraron del conocido *Observatorio de Fenómenos Para Anormales (OFEPA)* donde se podía leer, en la parte inferior izquierda del globo, lo siguiente: *Hecho en Prado y Neptuno.*

Se calientan los metales

Sin senos no hay paraíso, sin billete no hay trabajo.
Motumbo, el de la grande

La riqueza obtenida como resultado del inmenso desarrollo de la industria azucarera alcanzó colosales proporciones en la segunda mitad del Siglo XIX. La opulencia con que se comenzó a vivir en la mayor de las islas del Caribe creó una sociedad vibrante con la moralidad relajada y chillante.

"El relajo es vigueta y el despelote de apaga y vámonos. Se goza más que Gozón en todas las barriadas, especialmente en la Real Piragua. Es un carnaval de excesos para los sentidos, una fiesta de puta madre para los iniciados en el arte del desprestigio desinhibido" se quejaba un editorial del *Real Boletín de Alcohólicos Anónimos del Cerro*, en el 1862.

Tener dinero permitía hacer cosas impensable años atrás, como comprar títulos nobiliarios. La tarifa oficial en el mercado de los títulos era la siguiente: marqués a 45,000 pesos (alrededor de 170 dólares norteamericanos al cambio actual). La de conde era más asequible, fluctuaba entre los 25,000 y 30,000 pesos (entre 93 y 112 dólares actuales en La Habana).

De esa forma aparecieron nuevos marqueses y condes, incluso en algunos casos se podían comprar los dos títulos por la misma persona, recibiendo un pequeño descuento por la doble adquisición.

Aclaremos que los títulos no eran honoríficos. Nada de eso. Quienes los ostentaban no podían ser arrestados por deudas ni por una larga lista de otros delitos, de los cuales se excluía el de traición. Una cosa es lo bueno y otra lo demasiado.

Si va a ver relajo y se van a portar mal tiene que ser con orden y, de paso, me llaman.

Según notaban inteligentes turistas y avispados observadores viajeros de paso, La Habana tenía todas las características de una ciudad clásica española. ¡¿Qué raro?!

Las murallas que "protegían" la ciudad fueron derribadas oficialmente en 1863. Aunque la demolición fue pagada completamente, no se terminó nunca, cumpliendo con el Sexto Mandamiento de los cubanos: *"No terminarás completamente nada que hayas empezado, aunque te lo hayan pagado por adelantado"*.

Aún quedan algunos pedazos de la muralla dando vueltas por lo que actualmente se conoce como La Habana Vieja. No se echan mucho a ver ni llaman la atención, ya toda La Habana es vieja y en ruinas, gracias a los acertados programas de desarrollo y la excelente planificación física de la ciudad, llevada a cabo en los últimos 65 años.

Las vías públicas eran estrechas y poco utilizadas, aunque cada noche eran invariablemente barridas por brigadas de chinos y negros, pertenecientes a la empresa *"Leones de La Habana"*. Esta entidad gubernamental ha sobrevivido, con menos eficiencia y recursos, hasta la actualidad.

Ahora sus trabajadores son de todos colores y procedencias, para evitar las demandas por discriminación. Los vecinos la llaman coloquialmente *"Comunales Habana"*.

Algunos extranjeros encontraban a La Habana parecida a una plaza feudal o les recordaba a los sórdidos y bulliciosos bazares de algunos países orientales. Este criterio no les importaba muchos a los habaneros de pura cepa que afirmaban, a su vez, que esos eran *extranjeros* que tomaban el té con el dedito meñique levantado.

A tales visitantes La Habana les resultaba una ciudad tremendamente ruidosa, pues al incesante sonar de las campanas en las iglesias se sumaban el estrépito de los recién llegados tranvías marca Ikarus, las sirenas de los barcos y los ferrys que atravesaban la bahía.

También estaban los vendedores ambulantes pregonando incesantemente *"¡El rico pan, Lleva tu aromatizante aquí, Floreeeee… flooooores, El afilador de cuchillos y tijeras se vaaaaaaaaa!"*. Lo de los pregoneros ya era otro nivel, pero había más, mucho más, sin dudas.

Súmele a ese bullicio los ruidos extremos de más de 250 decibeles sostenidos y rachas de más de 300, que algunos llamaban música y eran también conocidos como hip-hop, rap, reparto, funk, etc., que le salían al paso en cualquier esquina. La locura.

Entre las diversiones en la que se gastaba más dinero y se invertía más tiempo estaban los frenéticos bailes. Esa era una pasión colectiva, de la cual nadie escapaba. Aún hoy sigue siendo así. Según el *Código de Honor del Barrio*, no escrito pero vigente en la sociedad cubana de todos los tiempos, se tolera mejor en la sociedad de la Isla a un tipo con mal aliento que a uno que no sepa bailar.

Ser clasificado oficialmente como "patón" es uno de los peores estigmas que arrastra el cubano por toda su vida.

En ese tiempo eran populares en La Habana la contradanza y la habanera, aunque en algunos lugares, de dudosa pero sabrosa reputación, se bailaban extravagantes y adelantados ritmos conocido como "perreo" y "guachineo". Siempre con un paso adelante en la Cultura, no faltaba más.

En el campo predominaba el zapateo. En las plantaciones azucareras y cafetales los propietarios y los capataces asistían con frecuencia a otros bailes más movidos y excitantes, los que se conocían como bailes del despelote y eran a base de tambor y mulatas sudadas y semidesnudas.

La asistencia de los propietarios y capataces a esos bailes, que se efectuaban generalmente los domingos, aumentó drásticamente la población de mulatos nacidos en la Isla, según demuestra fehacientemente el estudio: *"Del Barracón Colonial al Solar Habanero Actual: Dos Etapas, Una misma Gozadera"* parte integrante de la histórica primera Tesis de Maestría defendida en la Universidad de La Habana.

En ese tiempo solía haber carne en abundancia en los mercados al aire libre, la cual era vendida por sudorosos negros que ocupaban la mayor parte del tiempo azorando a las moscas y limpiando las capas de polvo que iban cubriendo las carnes de manera homogénea.

También había muchas aves que se vendían vivas y coleando. El tasajo y el pescado se comercializaban en grandes cantidades, siendo estos dos últimos productos, —junto a los plátanos—, el principal alimento de los pobres. ¡Qué nostalgia!

Los mendigos y las aguerridas trabajadoras del sexo abundaban más que en cualquier otro lugar del Nuevo Mundo, lo cual le daba un aire cosmopolita y de ciudad en constante desarrollo a La Habana.

Otra cosa que le molestaba a los estirados viajeros era que las alegres muchachas, profesionales de la vida bohemia, que ejercían en Cuba, eran bastante atrevidas e incluso les silbaban y se les insinuaban a los mozalbetes calenturientos pero penosos que cruzaban a la acera de enfrente cuando pasaban por frente a los locales de trabajo de estas.

De ahí se deriva la Tercera Ley de las Ventas Exitosas: *"Quien no anuncia su Producto, no lo vende."*

Se bebían ingentes cantidades de vino catalán (porque no habían probado de otros lugares mejores) y cerveza. El café era la primera bebida en la mañana y la última en la noche, al igual que las jícaras desbordantes de chocolate.

Ningún cubano residente en la Isla acostumbraba a desayunar en ese tiempo, ahora tampoco.

Antes porque no era costumbre, aunque había con qué hacerlo. Ahora porque, aunque es costumbre, no hay con qué.

Otro detallazo de la época es que se invertía mucho dinero en el extranjero. El pendejerismo a que sucediera un revolú esclavo y todo se fuera al caraj impulsó que muchos propietarios cubanos hicieran inversiones en Estados Unidos y en Europa, creyendo poner a buen recaudo las riquezas personales.

Era común emplear institutrices para que los vástagos de las familias más chingonas aprendieran modales, inglés y francés. Si la institutriz no era muy veterana y no le disgustaba el goce carnal, a veces por los 25 pesos mensuales más la manutención (tarifa regular para este empleo) se lograba que el puberto dejara la inocencia y el frenillo a edades tempranas.

De esa manera el vástago iba adquiriendo la experiencia y habilidades necesarias que necesita un macho—todoterreno—alfa—4x4—tropical para asaltar y vandalizar el gallinero más cercano de chicas casamenteras.

En caso de que la institutriz no estuviera en esa frecuencia entonces se lograba esa iniciación masculina gloriosa en algún burdel de buen renombre y no tan buena reputación.

Al frente de esa tarea se designaba al padrino, —u otro amigo de la familia—, del imberbe adolescente; que entraba al lugar con cara del susto de su vida y salía con la satisfacción del deber cumplido, aunque ni se hubiera dado cuenta de lo que había sucedido realmente por la velocidad del acto.

En este concierto nacional de pura gozadera y libertinaje espontáneo nadie se preocupaba de que los primos y las primas se exprimieran, incluso de casaran con vestido blanco de cola y traje con pajarita. Tampoco era raro ver tíos y sobrinas enredados legalmente en matrimonio. A veces se podía dar el caso de que ese tío y su sobrina fueran, a la vez, primos hermanos.

El ambiente colonial se complicaba aún más con las irregularidades cometidas por quienes debían salvaguardar la ley: los jueces. Los veredictos eran comprados y vendidos al mejor postor.

Los jueces tenían una paga tan reducida que no daba risa, si no lástima. Para remachar, en la mayoría de los casos estaban sujetos a enviar una parte del salario a Madrid, al político que había ayudado al juez a obtener su cargo.

Los testigos de los juicios, así como otros funcionarios judiciales también recibían una pequeña paga por la participación. La única y real solución era relajarse y dejarse sobornar, al descaro y a la luz del día. Se dio el caso, en cierta ocasión que en Cienfuegos los comerciantes acordaron pagar un salario, de sus bolsillos, al juez local, para que este pudiera sobrevivir y seguir administrando "justicia".

Al principio esta solidaria iniciativa funcionaba bien, hasta que un mal día, —para el juez y los litigantes de turno—, fracasó totalmente cuando, entre dos de tales comerciantes, surgió un conflicto que debía dirimirse por el asustado juez.

Desde 1812 se estableció la Lotería en La Habana. También había otros lugares donde apostar: corridas de toros en La Habana y Santiago, peleas de gansos y de gallos en el campo. Había quien se jugaba sus esclavos, propiedades, cuadros famosos, etc.

Algunos, los más inteligentes, apostaban a la suegra y hacían trampa para perderla.

En el panorama productivo-económico-financiero también fue un período de grandes cambios. Hacia 1860 la mecanización, la suerte en los negocios y el dinero, de dudosa procedencia, pero bien empleado, habían producido sus frutos estableciendo marcadas diferencias entre los nuevos y exitosos plantadores de caña, las viejas familias oligárquicas y los dueños de los molinos y grandes extensiones de tierra.

Los actores económicos emergentes disputando el poder a los históricos establecidos, lo que se conoce en la historia nacional como *Temporada del quítate tú pa' ponerme yo.*

En esta etapa los molinos comenzaron a ser propiedad de compañías, más que de personas naturales. El pensamiento y la vida moderna se abría paso, poco a poco. La Reina Madre dio el ejemplo y agrupó sus múltiples intereses económicos en Cuba bajo el nombre de La Gran Azucarera, contando con un determinado número de accionistas españoles a bordo de su nueva empresa.

No se equivoquen, ella seguía siendo Su Alteza, pero siempre muy atenta y despierta, cuidando su Real Bolsillo. Tradición muy de la nobleza.

A pesar de que la llegada de esclavos a Cuba continuaba, el volumen de este tráfico iba mermando lentamente. Para 1840 era imposible asegurar barcos esclavistas en La Habana porque ya las compañías aseguradoras locales no querían correr riesgos tan altos.

Mientras tanto las compañías norteamericanas siguieron asegurando esos barcos con tarifas mucho más bajas que las que podían ofrecer las de La Habana. Lección básica del mercado: ¿Por cuánto lo haces, o puedes hacerlo? Un día estás y ya al otro no, porque la competencia se adueñó del mercado que no pudiste, o no supiste, conservar. Chao, chao, pescao; y a la vuelta picadillo.

En la década de 1860 se registra un hecho inédito. El número de negros y mulatos sumados había descendido, ya eran menor en número que los blancos. Las causas fueron la creciente emigración española, y de otros blancos, hacia la Isla; así como la disminución del tráfico de esclavos lo que hizo que los precios a que se cotizaban los esclavos se volvieran prohibitivos para la mayoría de los plantadores.

En ese tiempo un solo esclavo puesto en pie en el puerto de La Habana, —con dentadura en buen estado y cara de trabajar duro bajo el Sol y de aguantar latigazos más duros todavía—; costaba más que importar 2 Lamborghini, con título limpio y cero— millas, desde Miami a través de una Mipyme en el Siglo XXI.

Por otra parte, la introducción de la mecanización de la producción azucarera estaba haciendo menos necesaria la esclavitud. La máquina centrífuga en los moderas fábricas de azúcar (donde la hondura del bolsillo del dueño podía permitírselo) abarataba mucho la refinación del azúcar, por lo que la producción nacional comenzó a ser competitiva internacionalmente, incluso en el mercado de los Estados Unidos.

La industria azucarera local estaba de suerte y andaba con el pie derecho por esos días.

Junto al adelanto tecnológico de la centrífuga, hay que mencionar otro hecho que influyó positivamente en el dulce despegue nacional: la destrucción de las grandes plantaciones de azúcar en Luisiana, a causa de la Guerra Civil en esos lares.

La llegada de miles de chinos y otros tantos trabajadores mexicanos directo desde Yucatán cambiaron definitivamente las condiciones del mercado laboral isleño, emigrando hacia la variante de jornaleros agropecuarios que sustituirían aceleradamente lo que quedaba de mano esclava en pocos años.

Incluso los mismos esclavos estaban comenzando a interesarse por las nuevas relaciones laborales. Se reporta entre 1865 – 1866 el primer caso de una verdadera huelga de esclavos, en la plantación Alava de Zulueta.

Pues allí los esclavos se declararon formalmente en huelga pidiendo como demanda que se les pagara por el trabajo que realizaban. Lo mismo les daba recibir el salario en efectivo, cheque o transferencia vía Zelle o PayPal, pero lo que sí querían era el pago por su trabajo.

Los huelguistas negros no se manifestaron violentamente, solamente se negaron a seguir trabajando como esclavos. El lema que esgrimían era *"Sin senos no hay paraíso, sin billete no hay trabajo"*. Las que si se mostraron violentas fueron las tropas que se despacharon al lugar para obligarlos a trabajar.

Ya en este momento los pequeños hacendados del este tenían los metales al rojo vivo. Arrinconados económicamente desde hacía tiempo, con recursos cada vez más menguados y llegando casi a la pobreza; ya les daba lo mismo pintar un cerdo de verde que darle dos puñaladas a una pared.

La riqueza generada por las grandes cosechas azucareras de la década de 1860 les había pasado por al lado sin detenerse. Lo cierto es que no contaban con el billete para comprar maquinaria o esclavos por lo que el rendimiento de sus molinos era 2.5 veces menor que lo que se lograba en la región occidental.

¡Vaya, hubo, pero no te tocó, estás salao!

Para ser exacto y fiel a la historia, el despetronque de la economía oriental era parejo. Estaban en la misma situación extrema los propietarios de cafetales y los ganaderos que no les quedaba ni dónde amarrar la chiva.

Algunos hacendados comenzaron a emancipar a los esclavos. Eran decisiones puntuales y por la izquierda, toreando a las autoridades, porque se daban cuenta de que era más rentable tener trabajadores contratados durante los seis meses que duraba la cosecha que mantenerlos esclavos el año entero. ¡Elemental Watson, elemental!

Convencidos que se acercaba una revolución económica despiadada, que los iba a dejar sin plumas y sin cacarear, se lanzaron a la rebelión política.

UNA DE AZÚCAR Y DOS DE CAFÉ

El arroz con mango que se formó fue épico.
Nitza Villapol

Sin restarle importancia a los factores económicos, que eran bien fuertes, un elemento decisivo en el interés del cubano de a pie, y de algunos cubanos acaudalados, para decirle *¡Hasta la vista, Baby!* a España era algo tan simple y claro como las aguas del Río Quibú: los nacionales ya no se sentían a gusto con su estatus de colonia.

Había una determinación por lograr la identidad nacional y los habitantes de la Isla, sin darse cuenta ellos mismos, empiezan a sentirse "cubanos", sentimiento que chocaba de frente y en directo con la realidad de ser mangoneados por otro país; aunque este fuera la santísima Madre Patria o la Madre de los Tomates, daba lo mismo.

Y ya en ese punto no había para donde coger que no fuera para el monte.

Sin embargo, la independencia cubana es una de las más tardías de América Latina como ya hemos señalado. Según algunos conocedores de la materia este fenómeno no se debió a la influencia negativa de la Revolución de los Negros en Haití, sino a la arraigada costumbre tropical de los habitantes de la Isla de no hacer las cosas en el tiempo planificado, no importa lo apremiante o delicado que sea el asunto por resolver. Las cosas con calma caribeña y siempre después de un buen café mañanero.

Incluso existe la conocida *Hora Cubana*, que es efectiva en cualquier lugar del mundo donde viva un cubano, no importa el huso horario en que se encuentre.

Generalmente esa *Hora Cubana* lleva un retraso de, al menos, 25 minutos con relación a la oficial del lugar.

Aunque el rango del atraso tolerable puede extenderse hasta a más de dos horas, según el estudio incluido en los documentos del Foro de Davos 2021, titulado *"Usos y Abusos de los Horarios: Los Cubanos, Un Caso Especial"*, preparado para ese magno evento por la Facultad de Comunicación Social y Redes Neurales de la Benemérita Universidad Autónoma de Nauru.

De esta forma, Cuba empieza a volverse inquieta cuando ya la casi totalidad de las demás posesiones coloniales del Nuevo Mundo se habían convertido en avanzados prospectos del estadio social de desarrollo conocido como República Bananera 1.0.

Eso sí, todas con su caudillo doméstico al frente y los pichones de corruptos locales esperando en el nido gubernamental por los inversionistas extranjeros que vendrían a servirles, en el pico abierto 180 grados, el pago por las prebendas recibidas.

Volviendo al escenario local, los centros donde se preparó la insurrección fueron las logias masónicas de la región oriental, especialmente en Bayamo, donde se constituyó la Junta Revolucionaria de Bayamo en 1868.

Las actividades principales de esta Junta estaban dirigidas por Carlos Manuel de Céspedes, quien era nativo de Bayamo y había pasado gran parte de su juventud en España.

Los conspiradores se reunieron varias veces y se asignaron zonas de mando. Estaba planeado que la rebelión empezara en la Navidad de ese año, para agarrar a los españoles entretenidos, fiestando y con las manos en los turrones.

Pero sucedió algo que les hizo adelantar la fecha del alzamiento. La beata Trinidad Ramírez, de quien se dice que no usaba toalla para secarse porque le bastaba con la lengua para esos menesteres por lo larga que la tenía, habló de la conspiración a su confesor y,

¿adivinaron? Pues sí, el chivatazo llegó alto, claro y en letra de molde a las autoridades.

El Capitán General de la Siempre Fiel Isla de Cuba dio la orden de que se arrestara a los involucrados inmediatamente, y ahí mismo comenzó lo que España se estaba buscando hacía rato, el salpafuera independentista.

La insurrección armada rompió la fuente el 10 de octubre de 1868 (la hora no se ha precisado todavía, probablemente un buen rato después del café mañanero) con el Grito de Yara, pronunciado por el ya conocido hacendado Carlos Manuel de Céspedes en su propiedad, llamada *La Demajagua*, ubicada en la zona oriental de la isla. Este alzamiento inició la Guerra de los Diez Años.

El nombre elegido no muestra mucha creatividad porque, efectivamente, finalizó en 1878, tras la derrota cubana camuflajeada con el nombre de *Paz de El Zanjón*.

Ese fue el pitazo final de este primer tiempo que quedó España: 1 – Cuba: 0.

Sin pelos en la lengua, como debe ser, la mayoría de los historiadores coinciden en que, quizás el paso hacia el alzamiento contra el poder español se dio precisamente en ese lugar empujado por la situación por la que se estaba atravesando en La Demajagua, que era un ingenio que reunía las cuatro Bendiciones de los Perdedores: pequeño, anticuado, pobre e hipotecado por las deudas.

Horas antes del levantamiento oficial, Céspedes había liberado a sus esclavos y, como todo movimiento revolucionario que se precie y respete, también había leído la declaración de independencia que era lo que tocaba ese día en el matutino de la hacienda.

Conocido oficialmente como *Manifiesto de la Junta Revolucionaria de la Isla de Cuba*, este documento explicaba las causas de la guerra y sus objetivos: la independencia de Cuba y la abolición de la esclavitud. Al final de los diez años ninguno de los objetivos se cumplió.

Es importante puntualizar que algunos revisionistas y detractores de las luchas de independencia cubanas han señalado que el día siguiente, 11 de octubre de 1868, se registró la primera denuncia policial en la Isla por invasión de domicilio y robo con fuerza. Ese vil rumor, como ha quedado demostrado, tuvo el propósito de mancillar la imagen de los negros esclavos que participaron en el movimiento independentista cubano.

Hasta el momento no hay ninguna investigación seria ni documento de archivo policial que demuestre que esta afirmación tiene el más mínimo fundamento histórico.

En *La Demajagua* se liberaron treinta esclavos, los que fueron enrolados en un pequeño ejército que sumaba 147 hombres. A finales de mes llegaron a tener 12 000 efectivos; entre convencidos, entusiastas y obligados; y ya para ese tiempo habían tomado Bayamo y otras localidades cercanas de relativa importancia.

Desgraciadamente para el movimiento independentista, el Grito de Yara no fue secundado por los hacendados del occidente de la Isla que, como hemos visto, era una zona mucho más próspera que la oriental.

Los tipos no eran bobos ni estaban en el flow de apostar a un movimiento donde participaban esclavos. Recuerden que el Síndrome de Haití era más temido en esos tiempos por los hacendados nacionales que el actual Síndrome de La Habana por los diplomáticos estadounidenses.

Según explica el académico austriaco Kal Z. Ones, en su conocida Tesis de doctorado "*Nel mare la vita è più gustosa*", en el Occidente la economía y el desarrollo social iban bastante mejor que en el Oriente. Esa es la razón fundamental de esa virada de espalda,

—orquestada por aquellos que disfrutaban los atardeceres bucólicos en las haciendas prósperas del Occidente—, a las peticiones de
ayuda de los que estaban arriesgando güiro, calabaza y miel para
arreglar el país para bien de todos.

Esconder la cabeza como los avestruces en la arena, o en otro
lugar más íntimo, y hacerse el desentendido ha sido la recurrente
respuesta en la historia universal de los que no quieren arriesgar
nada para conseguir algo.

En el caso que nos ocupa, este fenómeno ocurre con exacta regularidad histórica y es conocido en los círculos de especialistas
como el teorema *La Decisión de Sofía*.

Matemáticamente, se formula así: la resultante de multiplicar
estómago lleno por dinero en el banco es dos veces mayor que el
cuadrado de la cantidad del hambre por ser independiente.

Aunque pudiera pensarse lo contrario, esta frialdad occidental
no hizo mucha mella en los objetivos de la parte más jodida de la
Isla. Así las cosas, el movimiento antiesclavista, anticolonialista y
de liberación nacional puso el pie en el acelerador y se comenzó a
expandir a exceso de velocidad por toda la zona oriental.

En una breve nota, fechada el 15 de Octubre de 1968, que reposa
hoy en el Museo Británico, enviada por un aristócrata oriental al-
zado en armas a su primo, también aristócrata pero occidental y del
bando de los bucólicos, se lee: *¡Allá tú, bobito, Tú te lo pierdes!*

No sabemos a qué se refería exactamente, pero una parte importante de los historiadores de ese período se inclina por la idea de
que era una comunicación cifrada invitándolo a unirse al alzamiento.

Las bisoñas tropas mambisas, como eran conocidos los insurrectos, contaron con la tutoría y entrenamiento de militares provenientes de La Española, la misma isla de donde había venido el

indio inteligente que en el Capítulo III (*Pasó el tiempo y llegaron*) no quiso ir al cielo junto con los españoles.

Los dominicanos Modesto Díaz y Luis Marcano, exponentes del turismo militar foráneo, fueron los que empezaron a domesticar a una tropa rebelde nacional que no tenía las armas adecuadas y, menos aún, la disciplina militar requerida.

Del matrimonio creado por la falta de armas y la creatividad nació la idea de utilizar un simple y humilde apero de labranza, el machete, como arma fundamental de reglamento en el ejército mambí.

Conjugando a los dominicanos y el machete entra en la historia cubana otro nacional de ese país que se convierte en una figura de trascendencia especial en las contiendas por la libertad nacional: Máximo Gómez, artífice y vencedor en la primera carga al machete en Tienda de Pino, cerca del poblado Baire, el 4 de noviembre de 1868.

El generalísimo Gómez, como es recordado y venerado en Cuba, llegó a ser el jefe de las fuerzas mambisas al final de las guerras de independencia. Pero, OJO, nadie se explica el por qué; a pesar de su evidente maestría en la guerra de guerrillas y de su temple de acero, nunca llegó a contar con la confianza total de la mayoría de los cubanos.

La ingratitud de los nacionales y la aplicación del falso nacionalismo a quien arriesga su vida y la de su familia por una patria que no es la suya puede que sea la explicación buscada.

Desde el principio, él y Antonio Maceo (El titán de bronce) estuvieron estrechamente unidos, no solo por sus conocimientos tácticos, sino por su creencia política en que la rebelión solo podría tener éxito si llevaban fuego y mucha leña, indiscriminadamente, al oeste de la isla.

Formaban una combinación brillante: el carácter de uno era todo destreza, constancia, cálculo y capacidad de resistencia; y el del otro empuje, audacia, deseo de correr todos los riesgos y afrontar cualquier peligro.

Aclarando el concepto de **Carga al Machete**. *Dícese de la acción en la cual un grupo de combatientes cubanos mal vestidos y peor alimentados, la mayoría sin calzado y a pie, portando un machete bien afilado en la diestra o en la siniestra, —según fuera el caso—, arremete a la carrera y con gritos estentóreos contra una columna de soldados españoles a pie o a caballo, bien vestidos y acabados de tomar la siesta después del almuerzo, con entrenamiento militar y equipados con armas de fuego, bayoneta calada, y un sable.*

A veces los españoles formaban un cuadro con dos o más líneas de defensa, la primera rodilla en tierra y la otra de atrás de pie, preparados con las armas de fuego esperando "tranquilamente" a los mambises que avanzaban a pecho descubierto endemoniadamente hacia ellos con los machetes en alto.

En cualquiera de los dos casos, atacando a la columna en movimiento o a un cuadro formado, el balance final era inexplicablemente favorable a los mambises, por lo que las Cargas al Machete se hicieron temibles y legendarias.

Uno de los más conocidos y exitosos jefes mambises fue el valiente coronel Elpidio Valdés. De este legendario insurrecto se cuentan grandes hazañas que fueron hitos importantes en la lucha por la liberación del yugo español. A pesar de haber participado en más de un centenar de combates, Elpidio y su tropa tuvieron la suerte de sobrevivir todas las guerras de independencia cubanas en las que participaron.

El éxito militar más relevante del inicio de la gesta libertaria fue la toma de la ciudad de Bayamo por parte de los insurgentes, en el propio mes de octubre, acción que proporcionó una capital temporal a los insurrectos.

Allí es donde Perucho (Pedro para sus allegados) Figueredo, principal seguidor de Céspedes, escribe la letra del Himno de Bayamo, que se convirtió a los pocos años en el Himno Nacional.

Después de modificaciones a la letra original y de sufrir varios arreglos melódicos, —porque las partituras originales se perdieron y las que existían habían sido escritas de oído—, en 1983 la Asamblea Nacional del Poder Popular aceptó la versión actual y definitiva del himno.

Bayamo es célebre no solo por su importancia histórica, sino también por el acto de resistencia de los insurrectos que la convirtieron en su capital. Ante la imposibilidad de defenderla de la reconquista por las fuerzas españolas, tomaron la decisión drástica de incendiarla por completo. Este acto de ardor y determinación se llevó a cabo solo después de asegurar la evacuación segura de todos los habitantes, junto con sus pertenencias, animales de granja y mascotas, demostrando un compromiso con la protección de su gente tanto como con su causa.

Este fue un duro y caliente mensaje a la metrópoli: antes de entregarla prefirieron quemarla.

El 4 de noviembre los camagüeyanos, habitantes de la provincia vecina, se levantaron en armas en Las Clavellinas, dirigidos por la Junta Revolucionaria local. Esta provincia pasó a estar bajo el mando de otro corajudo hacendado, Ignacio Agramonte, quien estuvo asistido por un veterano cubano de la guerra de Estados Unidos contra México, el general Manuel de Quesada.

El brote revolucionario casi se convirtió en epidemia cuando los villareños, habitantes de la próxima provincia siguiendo para el Occidente, efectuaron su correspondiente alzamiento local el 6 de febrero de 1869 en el cafetal San Gil en Manicaragua.

Quiere decir que cuatro meses después del inicio, ya tres de las 6 provincias cubanas estaban en pie de guerra; dando machete a diestra y siniestra. Mejor ni mandado a hacer, viento en popa y a toda vela.

Desde finales de 1868, Céspedes y los rebeldes de Oriente había constituido por sí mismos una república en toda la regla, con parlamento rebelde nombrado y todo.

Para ser completamente honestos con la historia, hay que señalar que en los inicios los rebeldes trataban de evitar el contacto con el ejército español y, escondidos en regiones remotas, practicaban más el sabotaje que propiamente la guerra, intentando confinar al ejército español en las ciudades a base de cortar el acceso por las carreteras y las líneas de ferrocarril.

En gran medida, la guerra consistía en una formalización del violento bandolerismo tan extendido a principios del siglo XIX. En esta nueva coyuntura los esclavos fugitivos se autoproclamaban rebeldes y, en vez de ser perseguidos por los rancheadores, eran perseguidos, —sin gran entusiasmo—, por el ejército español y sus aliados, los llamados voluntarios (que a su vez eran medio bandidos también).

Según quejas de algunos dueños de bares y cantinas, la mayoría de los voluntarios *se dedicaban a beber ron a costa del gobierno español*. Eran frecuentes las deserciones en ambas direcciones.

En muchos aspectos aquello no era tanto una guerra formal sino una especie de alteración del orden con el agravante de desacato sostenido a la autoridad.

Por otra parte, la administración española solo tenía unos 7 000 soldados en la isla y, por lo tanto, no podía lanzar ningún ataque serio. Esto hizo que los rebeldes hicieran de las suyas y campearan por su respeto hasta que las fuerzas españolas destacadas en la Isla se incrementaran y los llamaran a capítulo y les leyeran la cartilla.

En todo conflicto bélico, y más de este tipo de levantamiento popular con tropas irregulares, se impone unificar la dirección política y militar si se quiere ser serio en la obtención del objetivo propuesto.

Siguiendo esta sabia orientación, —que puede consultarse en el Capítulo 2, Sección HP del manual *Popular Uprising for Dummies 101*— se convocó la pertinente reunión para dejar constituido el frente único de combate contra la metrópoli, la cual tuvo lugar en Guáimaro, en abril de 1869.

Céspedes encabezó a los delegados orientales, Agramonte y Cisneros Betancourt a los camagüeyanos y Miguel Jerónimo Gutiérrez a los villareños. Las demás tres provincias, el lado Occidental, estuvieron ausentes al pase según consta en el Orden del Día.

Los bucólicos seguían prefiriendo portarse bien y esperar a que España, por la Gracia del Señor o por generación espontánea, aflojara el férreo dominio de metrópoli intransigente que ejercía hasta entonces.

En esa asamblea se aprobó la Constitución de, ¡por supuesto!, Guáimaro; que estableció la elección de un Presidente, un General en Jefe y una Cámara de Representantes como poder supremo. Vaya, que se estudiaron a conciencia el libro mencionado y, de esa manera, se institucionalizó la rebelión.

Pero una cosa es el texto y otra la práctica, como dijo Wolfgang Amadeus Mozart en su autobiografía: *"Una cosa es con guitarra y otra con violín"*. Y el viejo Mozart sabía bien de lo que hablaba.

Se estableció en la Constitución un poder legislativo (la Cámara) con exagerados poderes sobre el Presidente y el General en Jefe, lo que provocaría a posteriori contradicciones, fricciones y picazones dentro del Poder Civil y entre el Poder Civil y el Poder Militar.

De paso se elige a Céspedes como Presidente de la República de Cuba en Armas, decisión que por obvia no sorprendió ni a los espías españoles infiltrados en el evento.

Según fuentes cercanas a la Asamblea, en ella se pronunciaron favorablemente a una posible anexión a Estados Unidos en dependencia del curso que tomaran los acontecimientos en la manigua.

Un punto a favor es que la Constitución tenía un marcado carácter republicano, democrático y abolicionista, inspirada en el modelo de Montesquieu. Era adelantada para su tiempo, lo cual es una característica que se ha mantenido en las sucesivas constituciones cubanas.

Hay un pequeño detalle, muy ligado a la idiosincrasia nacional, que empaña este punto de aprobar constituciones de avanzada.

Después de ser aprobadas constituciones muy progresistas por el consenso necesario, los políticos o dictadores al frente del gobierno de turno se empeñan denodadamente en no cumplirlas, lo que las hace inoperantes, letra muerta, por muy adelantadas que sean para su tiempo.

Ese detalle se ha mantenido invariable en la historia cubana hasta nuestros días. Es lo que se conoce como *Detalle con Fijador Histórico*.

El ejército libertador cubano, tras meses de duro aprendizaje militar, alcanzó una envidiable capacidad ofensiva que se pondría de manifiesto en la invasión de la entonces rica región de Guantánamo por el general Máximo Gómez.

La poderosa ofensiva militar insurrecta, que tenía como objetivo destruir la riqueza cafetalera y cañera de la región e incorporarla a la lucha, se prolongó varios meses y logró la totalidad de sus objetivos. ¡Bravo!

Por su parte, España no iba a ceder, así como así a la principal joya de su collar colonial.

Sin paños tibios comenzó a despachar soldados, clases, oficiales y generales al por mayor desde la península para combatir y aplastar a los "pillos manigüeros" como calificaban cariñosamente en las Cortes Reales a los rebeldes cubanos.

Entre los generales mandados a apagar el fuego caribeño figuraron el conde de Valmaseda y Valeriano Weyler, quienes utilizaron la política de la tierra quemada, que ya habían aplicado con anterioridad en Santo Domingo.

Esta piadosa y humana técnica consistía en arrasar literalmente con todo lo que se encontraran a su paso, con la idea de dejar sin apoyo humano ni recursos económicos a los insurgentes.

Esa política tuvo el mismo efecto, más o menos, que el que se logra al rociar con gasolina un incendio para tratar de apagarlo. Advertencia: ¡No prueben esto en casa!

Pero donde las dan, generalmente las toman también; así que Céspedes respondió con la misma política y ordenó la destrucción de las plantaciones de caña que los mambises encontraran a su paso. Según sus biógrafos, dijo explícitamente que *"las llamas [habían de ser] los faros de nuestra libertad"*.

Y para luego fue tarde, los ibéricos arrasando por su lado y los mambises prendiendo fuego por el suyo. Ya imaginan como estaba el país, con el peor Producto Interno Bruto de su historia, exceptuando el rendimiento económico de los años 1993, 1994, 2020, 2021, 2022, 2023, y seguramente el 2024; como estiman conservadoramente algunos economistas.

A pesar del Armagedón tropical que se había formado en medio país, los propietarios azucareros del Occidente de la Isla, y fundamentalmente la burguesía de La Habana, de origen metropolitano, seguían rechazando la idea de apoyar la sublevación.

Para rematar, en 1869 la producción azucarera reportada en la tranquila zona del oeste fue espléndida. Como que nada de lo que pasaba en Oriente se escuchaba o influía en Occidente. ¡Mirá que hay gente sorda y terca en el mundo, Rediez!

La rebelión cubana no tuvo apoyo en la región Occidental del país, pero sí lo tuvo internacional. A nivel gubernamental se destaca la "Alianza contra España" (que al parecer era la villana favorita de la época), formada por Perú, Chile y Bolivia.

Esta organización, que hizo causa común con los insurgentes cubanos, había surgido durante la Guerra del Pacífico (1865–1866). A la misma se habían unido rápidamente Venezuela, Colombia, México, República Dominicana, Haití, Brasil, El Salvador y Guatemala.

A título personal destaca la solidaridad desinteresada de muchas personas de todo el mundo con los independentistas cubanos.

Entre los extranjeros que participaron voluntariamente en la contienda, repartiendo generosamente machete y tea incendiaria por todos los rincones habidos y por haber, se cuentan los estadounidenses Thomas Jordan y Henry Reeve, el puertorriqueño Juan Rius Rivera, el peruano Leoncio Prado, el venezolano José Miguel Barreto y los dominicanos antes mencionados.

Igualmente hubo franceses, italianos, chinos, e incluso españoles nacidos en la mismísima península ibérica que se unieron al Ejército Libertador cubano.

El polaco Carlos Roloff también se enroloff en las tropas cubanas, pero según el Comité Estatal de Estadísticas no cuenta porque ya era Residente Permanente en Cuba antes de que estallara el conflicto bélico.

El empuje militar cubano alcanzó su cénit entre 1874 y 1875.

En ese momento Gómez había sustituido a Agramonte, —caído en combate en 1873—, al frente de Camagüey; y logra importantes victorias en los combates de La Sacra, Palo Seco, El Naranjo, Mojacasabe y Las Guásimas.

Este último fue el enfrentamiento mayor de toda la guerra y causó a los españoles más de mil bajas. Ese es un dato increíble si se tiene en cuenta que en ese tiempo no existían las ametralladoras, los francotiradores con mirilla telescópica ni los drones inteligentes.

Había que dar machete, eficiente y del bueno, para lograr esa cifra.

SE ACABÓ LO QUE SE DABA

Todo lo que sube, tiende a caer.
Sir Isaac Newton

Pero, todo en la vida generalmente tiene uno, o varios peros, las cosas tampoco eran de cantar y coser en el bando de los alzados. El avance militar de los mismos se vio lastrado por las diferencias políticas en el campo revolucionario, las cuales condujeron a la deposición de Céspedes de su cargo de Presidente de la República (1873) e impidieron el tan necesario apoyo en armas y medios de los patriotas emigrados.

Casi es norma que todo proceso libertario tiene que luchar de frente contra el enemigo en el campo de batalla y en las tinieblas contra las bajas pasiones en las propias filas.

Es como jugar a *La Gallinita Ciega*. Todavía no se determina cuál de los dos frentes es donde se libran las batallas más cruentas y dañinas.

El 11 de enero de 1875 Gómez comienza el intento de invasión a la región occidental para definir si los entretenidos y bucólicos de esa zona se integraban al movimiento libertador o se iban con su música a otra parte. La idea era la de seguir dando candela a todas las plantaciones que aún sobrevivían, en este caso en el otro extremo.

Los insurgentes mandaban un mensaje alto y claro de que iban en serio, la cosa era de sí o sí, no había términos medios.

Con un millar de hombres se interna en territorio villareño. Y ahí se empezó a complicar la situación para los alzados. Los villareños no aceptan a Gómez como jefe por no ser este nativo de esa región, por lo tanto, este se ve obligado a retirarse.

Entre tanto, en Camagüey las tropas rechazan a Maceo como jefe por motivos similares. Todavía los historiadores no se han puesto de acuerdo en qué era lo que estaban comiendo o de dónde habían sacado lo que estaban fumando los líderes de Las Villas y Camagüey en ese momento para oponerse con motivos tan mezquinos a la expansión del movimiento libertador.

Por estas nimiedades, también conocidas como imbecilidades por los especialistas, es que la invasión a Occidente fracasa totalmente y esa región se queda sin disfrutar de los múltiples beneficios purificadores de la tea incendiaria ni de las excitantes jornadas de cargas al machete. Evidentemente, se lo perdieron ellos. ¡Qué pena!

Por si fuera poco, y para irle poniendo la tapa al pomo (con rosca incluida), al mismo tiempo, el general mambí Vicente García protagoniza las sediciones de Lagunas de Varona y Santa Rita, en abril de 1875 y mayo de 1877, respectivamente. Con esa clase de parejas no hay quien gane ni una data de dominó casero.

Después de diez años de esfuerzo y sin haber podido darle candela a ninguna plantación del Occidente, —nos consta que por falta de ganas y disposición no quedó—, ya el entusiasmo y la situación en el campo de batalla no eran las mejores, para usar un término extremadamente suave.

Carentes de municiones y armas, los mambises se desgastaban combatiendo contra un ejército profesional más apertrechado, capacitado y preparado que ellos.

A las dos partes involucradas en la contienda se les había puesto la caña a tres trozos, la poca caña que quedaba en el país, pero la situación de los mambises era peor que la de los rebeldes de la *Guerra de las Galaxias* en el capítulo III de la popular saga.

Y en ese escenario ya debidamente preparado subió al tablado el "general pacificador" Arsenio Martínez Campos, más o menos como el lanzador cerrador que viene en las postrimerías del juego a enfriar a lo que queda de la artillería rival. Arsenio encontró el momento adecuado para darle jaque mate en tres a las ya bastante apagadas huestes cubanos.

Es así como en el año 1878 las autoridades coloniales proyectan un plan que les permitía, no gastando muchos más recursos en armas y pertrechos militares, acabar con la guerra en Cuba.

Conocido en su tiempo como la *Tarea Ordenamiento*, el objetivo era un plan de pacificación de Cuba en el que se encontraba incluido, como eslabón fundamental, el Pacto del Zanjón.

El plan pacificador de Martínez Campos constaba de dos estrategias: con una mano presionar militarmente a los insurrectos con toda la capacidad bélica de que disponía España ampliando la presencia del ejército español en la Isla y, con la otra mano ofrecerle promesas y dinero a los jefes y soldados insurrectos que se rindieran.

Una combinación fríamente calculada de gancho abajo y derecha al mentón. Vaya, una oferta agridulce.

El plan en sí no era muy sofisticado, era claro y directo, pero tuvo el éxito esperado porque la indisciplina, el caudillismo, el regionalismo, el racismo y otros ismos; junto a las contradicciones de todo tipo, habían causado profunda debilidad moral en el terreno insurrecto.

El plato fuerte de la oferta española consistía en varias propuestas tentadoras como que se permitiría a todos los oficiales del Ejército Libertador obtener una buena suma de dinero con tal de que entregaran las armas, dejaran los campos de batalla y se regresaran tranquilitos a sus lugares de origen.

Como parte de las medidas adoptadas, se prometía la libertad a aquellos esclavos que participaron activamente en la guerra. Esta disposición representaba un reconocimiento notable, aunque paradójico, a los esclavos que, siguiendo el ejemplo de figuras históricas como Espartaco, se rebelaron contra sus amos, enfrentaron a las fuerzas españolas y desafiaron el orden establecido al atacar propiedades y cultivos de los partidarios del dominio español.

Sin embargo, el esclavo fiel y sumiso que se quedó servilmente a la orden de su amo iba a seguir siendo esclavo y lamentar por el resto de su vida no haberse ido para la manigua.

Por supuesto que estos últimos empezaron en secreto a marcar en la fila para sacar los tickets que les permitirían participar en el próximo evento bélico, a ver si les iba mejor en esa ocasión. ¡Sorpresas te da la vida!

Mientras tanto, zapatero a tu zapato y esclavo a tu cepo. De esta manera, España lograba una paz que necesitaba a toda costa y Cuba seguía sin independencia.

Esto no fue lo peor, el revés más contundente para la causa independentista fue que muchos de los oficiales mambises aceptaron el pacto, colgaron el honor en un ganchito y le dijeron tranquilamente *¡Ahí se ven!* a los que no claudicaron.

El Pacto del Zanjón solo otorgaba tibias y temerosas reformas a Cuba como permitir la formación de partidos políticos que no tuvieran ideales separatistas, crear cierta libertad de prensa y de reunión, entre otras migajas.

Pero ni el "Pacificador", que fue recibido en la capital cubana apoteósicamente, —como si fuera un superhéroe del Multiverso de Marvel—, por los mismos que no apoyaron la rebelión en el Oriente, ¡qué casualidad!, obtuvo el consenso total y absoluto de las fuerzas mambisas.

Siempre hay sus ovejas descarriadas en el rebaño.

Su propuesta de paz remendada fue rechazada como inaceptable, en su misma cara para que no hubiera chismes, comentarios de pasillo, rumores, bolas, ni dime-que-te-diré, por el general mambí Antonio Maceo durante un encuentro entre ambos, que se llevó a cabo en un lugar conocido como Mangos de Baraguá el 15 de marzo de 1878.

La actitud vertical de Maceo y sus compañeros de armas se conoce como la Protesta de Baraguá, la cual marcó un hito de dignidad para los beligerantes, pero ya la Guerra de los Diez Años estaba herida de muerte, fundamentalmente por la desunión de los cubanos.

Sin dudas, la Protesta de Baraguá despertó un entusiasmo general y convirtió a Maceo en un héroe en toda América.

Ocho días después, el 23, se reanudaron los enfrentamientos armados entre el ejército español y los escasos seguidores de Maceo en Baraguá. Pero en realidad el mulato cubano no tenía los recursos ni las tropas necesarias con qué llevar a la práctica su compromiso de seguir dando mandanga en la manigua.

Martínez Campos había dicho a sus hombres que, cuando se encontrasen con el fuego cubano, se limitaran a reaccionar pasivamente y dieran gritos de compromiso: *"¡Viva Cuba! ¡Viva la paz! ¡No disparéis, que somos hermanos!"*.

Pero esta desmoralizante treta no duró mucho pues los cubanos no les hacían caso y se burlaban de ellos. La respuesta desde el bando insurrecto era entonarles, a todo pecho, *"Vikingo, vikingo; los gallegos no se bañan los domingo"*.

Ante esta respuesta insultante, el Alto Mando Español cambió los planes y, a continuación, siguió una enérgica campaña militar que ya no incluía los gritos de compromiso desde el lado español. Los cubanos, fieles a su tradición de jodedores y burlones, siguieron con los de *"Vikingo…"*

En mayo la capitulación se hizo inevitable.

Maceo se había negado a aceptar un soborno a cambio de la rendición. Entonces Martínez Campos le permitió marcharse tranquilamente de Santiago de Cuba al exilio en un crucero español. Mientras más rápido y lejos mejor, por si acaso y el mulato cambia de idea.

Aunque las acciones militares insurrectas no pudieron sostenerse por mucho tiempo, la Protesta de Baraguá, escenificada por Maceo y sus tropas, que encarnaban los sectores más populares del movimiento independentista, constituyó la evidencia mayor de la persistencia y la tozudez de los cubanos cuando quieren obtener algo. En este caso era la independencia.

Una vez terminada la guerra hubo tímidas reformas, entre ellas se permitió que la Isla eligiera cuarenta diputados para las Cortes, y se convocaron elecciones municipales para los ayuntamientos locales (aunque los alcaldes eran nombrados por los gobernadores civiles).

Pero los negros y los cubanos más pobres no tenían voto, pues para votar había que pagar por lo menos 25 pesos anuales de impuestos. En fin, los negros y los pobres seguían estando tan jodidos como diez años antes.

Entre col y col, varias lechugas

*Cuando el río suena es que
se ahogó una banda de música.*
Proverbio sumerio

Si se estudia con detenimiento la etapa que transcurre a partir del cese de la Guerra de los Diez Años, llama la atención un hecho notable: se desarrolla el modo de producción monopolista en Cuba.

El número de fábricas de azúcar se reduce de 1190 en el año 1878 a solamente 500 en el año 1895, pero la producción de azúcar creció de 597 000 toneladas en 1878 a más de un millón en 1895.

Esto se explica por el hecho de que algunos de los pequeños y viejos ingenios lograron transformarse en grandes centrales azucareros con maquinarias y técnicas modernas, siempre y cuando los dueños tuvieran visión 20—20 de negocios y estuvieran dispuestos a meter la mano, con ganas, en el bolsillo e invertir en el futuro.

Los recién nacidos centrales azucareros contribuyeron, a su vez, al desarrollo del transporte y las comunicaciones. Por consecuencia las localidades distantes ya no estaban tan aisladas. La gente empezó a socializar personalmente más, y a andar en las redes sociales menos.

Los domingos se podía ir a otro pueblo, de manera casual, a jugar dominó e invitarse a comer en casa de los amigos sin tener que pedir vacaciones en el trabajo o esperar la jubilación para hacer esa incursión.

Las nuevas y potentes fábricas de azúcar, que sustituyeron a los llamados cariñosamente "chinchales azucareros", necesitan más caña para producir con eficiencia por lo que se incrementan, de igual manera, los latifundios cañeros.

Pero el desarrollo no fue parejo. Como es de suponer, los hacendados radicados en Las Villas, Camagüey y Oriente no podían competir con sus homólogos de Occidente porque mientras ellos se habían pasado una década jugando a la candelita a todo lo que creciera por los alrededores, los occidentales no habían sufrido pérdidas significativas en la guerra.

Las acciones, generalmente, tienen consecuencias.

Los del Oeste, por el contrario, habían amasado buenas fortunas por haber permanecido calladitos en la fresca sombra durante el decenio donde la mitad oriental de la Isla había ardido literalmente.

Y, como siempre pasa, los perdedores llevan la peor parte en todo por lo que la casi totalidad de los hacendados de la parte oriental se habían arruinado.

Generalmente los perdedores siguen de capa raída, y tratando de pasar desapercibido del bulín de los vencedores, hasta que un día cualquiera se molestan de nuevo y vuelven a tirar los dados de la guerra para tentar otra vez a la suerte.

Ante esta situación de despetronque oriental generalizado, todavía quedaban opciones aprovechables. No todo estaba perdido para los antiguos hacendados que ahora estaban en una situación más apretada que los tornillos de un submarino. Aún quedaban algunas cartas que jugar:

—ahorcarse sin aviso previo y dejar al garete a la familia,

—vender sus pequeñas y viejas fábricas, —los ya conocidos "chinchales azucareros"— y tierras al que las quisiera comprar por una miseria.

Los que decidieron por la primera opción todavía se están retorciendo en el infierno con las maldiciones que los familiares descendientes les prodigaron por años. Los que optaron por la segunda se convirtieron en los llamados colonos, arrendatarios que trabajan en su mismo lugar de residencia, —que ya no les pertenecía—, para el nuevo dueño al que le ha ido mejor. ¡Qué rabia!

Viendo como estaba cambiando el panorama en la Isla, donde el tablero económico se había movido como si fuera un juego de Monopolio, los Estados Unidos, para ir entrando en calor como futuro imperio, hacen importantes inversiones en Cuba entre 1878 y 1895.

El dinero del vecino del norte fue directo a tres sectores sólidamente establecidos: azúcar, minería y tabaco. Esos rubios sí que saben su negocio: inversión al seguro, sin riesgos.

Ya para 1895 esas inversiones ascienden a 50 millones, lo que conllevó a que el naciente control comercial sobre Cuba, ejercido por Estados Unidos, se intensificara. Esa cifra puede parecer irrisoria, pero en ese tiempo le dejaba con la boca abierta a cualquiera que supiera sumar.

Un detalle ilustrativo: Estados Unidos le compró lo que es hoy el estado de Alaska (1.58 millones de kilómetros cuadrados) al Imperio ruso en marzo de 1867 por 7.2 millones. Eso es alrededor de 4.56 dólares por kilómetro cuadrado.

Parece que los bienes raíces en ese tiempo no estaban muy caros o los rusos no tenían mucha simpatía por los *Iñupiat, Yupik, Aleut, Eyak, Tlingit, Haida, Tsimshian,* los osos, morsas, focas y zorros que poblaban el lugar.

Así que espero ya se dieran cuenta de que los 50 millones eran de cuando el papel moneda tenía un poder verdadero y la gente tenía su fetiche con el mismo. En la actualidad, el billete, aunque sigue siendo verde, es algo distinto a los de antaño. Los actuales son papel solamente, sin mucha moneda que los respalde.

Pues bien, dejemos ya de disociarnos. ¡Y sucedió el milagro! Como consecuencia de la guerra y de las transformaciones económicas que exigían mano de obra calificada, España decreta la abolición total de la esclavitud en 1886.

La razón fundamental era obvia: ya no era ni remotamente rentable tener esclavos machete en mano cortando caña, a los que había que dar de comer, vestir, alojarlos en los confortables barracones y contratar personal especializado de búsqueda y captura para perseguirlos a campo traviesa cuando se convertían en cimarrones autoempleados a tiempo completo.

Había que evolucionar: el proletariado nacional ya tenía vía libre para expandirse y comenzar a ser explotado como correspondía. De esa manera le estaban pasando a la naciente fuerza obrera los gastos médicos, de vivienda, manutención y vestimenta.

En ese punto es que se comenzó a caminar, con andador y muletas, hacia la integración social plena y la eliminación de la discriminación racial.

A partir de 1889 no se permitió la discriminación en los teatros; después de 1887 no se pudo excluir a nadie del servicio público por motivos raciales; a partir de 1893 las escuelas estatales admitieron niños negros o mulatos en el mismo régimen que los blancos, y después de 1889 los cafés y bares no pudieron prohibir la entrada a negros o mulatos.

En algunos casos, estas leyes, como la mayoría de las leyes españolas, no se cumplían totalmente, pero en general se admitían sin discusión ni aspavientos retrógrados.

Resumiendo: la abolición de la esclavitud era una jugada cantada, pero que llegó "ligeramente" tardía, como se caracterizaban todas las decisiones importantes coloniales españolas.

No crean que la metrópoli estaba en plan de relajándose y cooperando, todo lo contrario. Genio y figura hasta la sepultura, literal.

España no perdió tiempo para seguir demostrando quién era el que tenía la sartén, y todos los demás menajes de cocina, por el mango. Así que no se vayan a creer cosas que no son.

Las presiones de la burguesía textil catalana habían llevado a promulgar la abusiva y desfachatada *Ley de Relaciones Comerciales con las Antillas* (1882) y el *Arancel Cánovas* (1891) que garantizaban el monopolio del textil catalán obligando a Cuba a absorber sus excedentes de producción.

Este privilegio en el mercado cubano asentó la industrialización en Cataluña durante la crisis de la década de 1880, —derivada de sus problemas de competitividad—, a costa de los intereses de la industria cubana. ¡Qué chistosos y juguetones los catalanes!

El conocido analista local Y. Padrón comentó sobre estos dos abusadores instrumentos económicos de la metrópoli: "*Cánovas nos metió el pie sin derecho a réplica*".

¿Y la vida política? De mal en peor. En virtud de los acuerdos del Zanjón surgen dos timoratos partidos políticos: El *Partido Liberal* (Autonomista), compuesto principalmente por cubanos ricos y el *Partido Unión Constitucional* que aglutinaba a propietarios españoles.

Solo dos simples fachadas que les permitían reunirse "en labores partidistas" sin sus esposas, los domingos en la tarde, en el club social correspondiente para degustar ron nacional o un buen tinto importado, según fuera el partido al que pertenecían.

Nada del otro mundo, ni de este. Cero ideas nuevas que podrían ser peligrosas y contagiosas. Padrón definió acertadamente estos partidos con una frase que aún mantiene su actualidad: "*Continuidad de lo mismo con lo mismo*".

Aberrantemente, durante esta etapa se acentúo la estructura colonial, la deformación económica y la dependencia del exterior. Un tres en uno peligroso para los que gobiernan, así que los vientos de revuelta social empezaron a soplar de nuevo in crescendo llegando a rachas sostenidas por encima de los 250 kilómetros por hora.

Entre 1879 y 1880 se desarrolla lo que es conocido eufemísticamente por los historiadores patrios como la Guerra Chiquita. Más que Guerra, aquello fue una serie de encontronazos entre cubanos tercos, solamente equipados con muchos deseos, y militares españoles bien entrenados y con mayores deseos de seguir cobrando la paga de reglamento.

Es así como el 24 de agosto de 1879 se escuchó de nuevo, alto y claro, el grito de *¡Independencia o Muerte!* en los campos de las inmediaciones de Rioja, próximo a la oriental ciudad de Holguín. El alzamiento se extendió rápidamente hacia la región de Gibara.

La voluntad de lucha era desigual entre los participantes. El almanaque y la fatiga acumulada, tras diez años de fieros combates, pesaba mucho más que la impedimenta sobre los hombros de todos los alzados, incluso de los rebeldes más ardorosos.

De nuevo asistió una vieja conocida: Doña Desunión, que se hizo acompañar por innumerables contradicciones, viejas y nuevas, entre los sublevados. Entre todas ellas lastraron el desempeño conspirativo para gloria y disfrute de la Corona Española.

En muchas ocasiones no se sabe a ciencia cierta para quién se trabaja.

El alcance nefasto de estos problemas se pondría en evidencia desde el mismo inicio de la mini contienda. No importó que dentro y fuera de Cuba se crearan clubes secretos en apoyo a la lucha, esos alzamientos no iban a llegar a ningún lugar. Y no llegaron.

Realmente hubo algunos alzamientos en armas de importancia en Oriente y en Las Villas pero la mayoría de los encuentros bélicos fueron escaramuzas. Esta guerra tenía que fracasar, y fracasó, por su deficiente preparación, por la falta de ayuda exterior, la llegada tardía de Calixto García y la ausencia de dos pilares básicos: Gómez y Maceo. Un desastre para los nacionales.

La guerra fue extremadamente corta, casi como un curso de verano virtual. Apenas había recursos y por muchas que fueran las ganas independentistas de los cubanos, el reducido y hambriento ejército criollo no pudo con la tarea.

España triunfó fácilmente e hizo que los cubanos sintieran la necesidad de otra revuelta mayor, mejor preparada y organizada. Se estaba jugando ya el segundo tiempo, los ibéricos dominaban ampliamente el medio campo y el marcador seguía desfavorable a los antillanos, ahora España: 2 – Cuba: 0.

Este evento bélico express fue preparado por Calixto García al frente del Comité Revolucionario Cubano de Nueva York. Se sumaron dentro de Cuba antiguos conocidos combatientes del machete y la tea incendiaria: entre ellos Quintín Banderas y José Maceo.

El fracaso sirvió de lección a los cubanos: no dejar que Calixto García y el Comité Revolucionario preparara la próxima gesta, aunque tuvieran las mejores intenciones y lo pidieran a grito pelado.

A pesar de su fracaso, la Guerra Chiquita evidenció que el conflicto en Cuba permanecía sin resolver. La conclusión del conflicto se debió más a un estado de agotamiento que a una resolución efectiva de las causas subyacentes. Esta situación destacaba la urgente necesidad de que el gobierno español implementara reformas profundas y significativas. De no hacerlo, quedaba claro que la revuelta resurgiría en cualquier momento, con el riesgo de que las llamas de la insurrección consumieran los campos de caña de azúcar y todas las propiedades en su camino, propagándose con intensidad renovada."

Si había más costados también los cubanos estaban dispuestos a encenderlos, así estaba el ambiente de caldeado.

El gobierno español, aquejado de la miopía política de siempre (alrededor de +5.50 en cada ojo), no quiso dar su brazo a torcer: hacerse los espejuelos necesarios para ver que si lanzaba algunas nuevas reformillas que suavizaran la vida en la colonia, podía seguir siendo metrópoli unos cuantos años más.

Y eso era el centro del dilema, como lo explica claramente el catedrático alemán Kal Zon-Cllos en su brillante ensayo *¿Por qué sin colonia no hay metrópoli?*

Otro intento de reanudar la lucha durante esta etapa fue el frustrado Plan Gómez-Maceo. Ese fue un conjunto de actividades desarrolladas por antiguos jefes mambises y emigrados cubanos bajo la dirección de los mayores generales Máximo Gómez y Antonio Maceo, entre 1884 y 1886, con el objetivo de iniciar una nueva guerra por la independencia total y definitiva de Cuba.

Este plan se fue a pique por una serie de factores organizativos y la incapacidad de articular las acciones con un movimiento de masas amplio y unido. Los cubanos seguían tratando de capturar un gato negro dentro de una habitación a oscuras, pintada con tres manos de chapapote.

La principal razón del nuevo fracaso no fue otra que la que ha mantenido a los cubanos tirando cada uno para su parte, tratando cada uno de ser el caudillo de turno, el tipo duro del momento.

En esa ocasión el honor de desunir, debilitar y desangrar los esfuerzos independentistas le correspondió a los "patriotas" que se empeñaron en liderar expediciones aisladas, condenadas de antemano al fracaso, como las de Carlos Agüero, Ramón Leocadio Bonachea y Limbano Sánchez.

Gracias al tremendo esfuerzo de ellos, en repetidas ocasiones el asalto definitivo y consiguiente liberación de Cuba se frustró cada vez que se volvía a intentar.

Como si esto solamente no bastara para evaporarle las esperanzas a los cubanos; la eficaz acción de los chivatientes españoles, conocidos también como Guarapitos (órganos españoles de seguridad), la abierta hostilidad de las autoridades norteamericanas a cualquier jelengue extracurricular que se armase en su *America the Beautiful* (deteniendo a implicados e incautando las expediciones a punto de zarpar) y la traición de algunos cubanos que colaboraron con los chivatientes ibéricos le pusieron la tapa al pomo y le dieron dos vueltas a la rosca.

La actuación del Partido Autonomista, junto con la tardía pero significativa decisión de las Cortes españolas de abolir la esclavitud en Cuba, ejerció una influencia política decisiva. Esta medida logró persuadir incluso a los más indecisos, distraídos e idealistas de que la metrópoli era capaz de reformar su relación con la colonia. Estos acontecimientos propinaron un golpe decisivo al plan de resistencia liderado por Gómez y Maceo, marcando un punto de inflexión en la lucha por la autonomía y la justicia social en Cuba."

En diciembre de 1886, los principales involucrados en el empeño dieron su brazo a torcer y reconocieron lo inútil de prolongar el esfuerzo independentista, por el momento. De esa forma decidiendo bajar finalmente el telón del movimiento denominado Plan Gómez-Maceo.

Teniendo como escenario de fondo el desmadre armado por el relajo conspirativo y el desorden generalizado, se produjo el trascendental enfrentamiento de Gómez y Maceo con el joven Martí, que ya empezaba a pisar fuerte en la política y a brillar en el movimiento independentista cubano.

Es bastante peculiar que, a pesar del papel sacramental de Martí en la historia cubana, sus padres fueran españoles: su padre era un sargento de artillería de Valencia; su madre, una canaria, de Tenerife.

El padre se convirtió en un funcionario municipal inferior, luego fue policía en La Habana y, —sin tiempo que perder ni televisión que ver—, detrás de José, tuvo seis hijas.

José Julián Martí Pérez (Pepe para todo el mundo), que fue uno de los intelectuales más grandes que ha parido el continente americano, también era un tipo que no estaba para perder el tiempo pasándole la mano ni endulzándole la píldora a nadie.

Según comentó su biógrafo personal, el historiador húngaro K. Ta Lejo: *"Martí tenía el don de ser brutal con la pluma. Lo mismo la ponía en la esquina de afuera a la altura de la rodilla, que partía el plato con 106 millas".*

Pues bien, el 20 de octubre de 1884 el Apóstol le puso el bafle, mediante una bien condimentada carta, a los dos próceres donde, de una manera elegante pero fuerte, los ubicó en su sitio y les expresó su inconformidad con el corte militarista de la forma de gobierno que propugnaban Gómez y Maceo para la República en Armas y, a consecuencia de ello, le retiró el apoyo personal a ese movimiento.

Martí fue el acertado director técnico seleccionado para organizar al equipo cubano que se lanzó a la manigua de nuevo, pero esta vez bajo la sabia dirección de un líder que había armado el juego, de manera que garantizara la continuidad de la lucha hasta conseguir el objetivo final, incluso si caían sus principales figuras.

Una estructura sólida con la que los valerosos mambises no habían contado hasta ese momento y una tremenda sorpresa que el gobierno español no esperaba.

El 24 de febrero de 1895 marcó el inicio de una ofensiva significativa por parte de los insurgentes cubanos contra las fuerzas coloniales españolas, las cuales ya se encontraban agotadas por la prolongada distancia de su hogar, el constante combate contra los incendios en los cañaverales, enfrentamientos contra los machetes de los mambises, y las adversidades del clima tropical, incluyendo las picaduras de mosquitos y las fiebres. Este momento simboliza un punto de inflexión en la lucha por la independencia de Cuba, evidenciando el creciente desafío al dominio español en la isla.

Este momento simboliza un punto de inflexión en la lucha por la independencia de Cuba, evidenciando que el desafío al dominio español en la Isla era real y no una fiebre pasajera.

El juego se había puesto, de repente, más interesante que nunca. Cuba planteó una formación netamente ofensiva de 2 arietes delanteros imbatibles y con sobrada experiencia (Gómez (general) y Maceo (general)), 1 centro/organizador (Juan Gualberto Gómez), 4 fieros mediocampistas (Flor Crombet (general), Guillermón Moncada (general), Batolomé Masó (coronel) y José Miró Argenter (general de división)) y 3 defensas que aportarían el financiamiento y la preparación de las sucesivas expediciones con el avituallamiento necesario (los exiliados cubanos de Tampa, Cayo Hueso y New York).

El gobierno colonial español nunca imaginó que las huestes cubanas habían hecho tan bien su estudio individual y sacado las pertinentes conclusiones de todos los descalabros sufridos y que, al fin, tenían articulada una verdadera maquinaria ganadora.

Incluso los que ya habían perdido las esperanzas y empezaban a resignarse a seguir perdiendo el partido de la independencia contra España, decidieron confiar de nuevo en que era posible despertarse un día sin Gobernador General ni tropas extranjeras decidiendo la vida en la Isla, al ver resurgir al desconocido equipo nacional que estrenaba nuevos bríos y exhibía un ataque arrollador.

Los que se habían resignado a seguir viviendo como hasta entonces y a perder el partido de su vida, poco a poco, volvieron sobre sus pasos y, aunque suponían que iban a ser tiempos difíciles y peligrosos, retornaron a sus asientos a, por lo menos, alentar al equipo criollo con todo lo que pudieran.

Muchos otros se empezaron a alistar para participar activamente en la cancha combativa.

Ahora es cuando es

Si va a llover, que llueva;
lo que no quiero es chinchin.
Frank Odeteri Oro

El 24 de febrero de 1895, por órdenes de Martí, se levantan en armas 35 pueblos en el Oriente de Cuba. De nuevo el Oriente incómodo y revuelto. Este acto se conoce como el *Grito de Baire*.

Nadie sabe a ciencia cierta por qué el levantamiento que inició la *Guerra Necesaria* (según la catalogó Martí) se denominó con ese nombre, aunque los habitantes del poblado de Baire le están eternamente agradecidos al que haya sido porque, con esa acción, pasaron de ser el pueblo olvidado de siempre a tener un lugar destacado en el mapa histórico nacional.

Baire fue, y es conocido, por ese acontecimiento histórico. Aparte de eso, la casi totalidad de los no nacidos allí, ni pueden situarla en el mapa nacional con exactitud. Curiosidades de la Historia.

Nombres más, nombres menos, lo importante es que la tan anhelada independencia estaba en camino y ahora sí venía llegando.

Ese 24 de febrero varios grupos de independentistas cubanos, veteranos del viejo Ejército Mambí en su mayoría, con más valor y agallas que armas, atacaron a las tropas españolas estacionadas en los lugares escogidos para el alzamiento.

Esta vez la coordinación fue nacional aunque las autoridades españolas lograron descabezar la insurrección en las provincias occidentales y centrales, con la detención de varias piezas claves como Julio Sanguily (Mayor General del levantamiento del 68) y José María Aguirre Valdés (Coronel de la contienda del 68). Otros jefes mueren como Manuel García Ponce que se alza en Matanzas y es asesinado el mismo 24 de febrero por un traidor.

Algunos son apresados por las tropas españolas y sacados de circulación como Antonio López Coloma y Juan Gualberto Gómez, alzados en la Finca *Ignacia* (Matanzas). Disuelta la partida donde ellos iban, Juan Gualberto Gómez es deportado a África y López Coloma fusilado en 1896.

El 25 de marzo, en el pequeño puerto dominicano de Montecristi, en el norte de La Española, junto a la costa haitiana, Martí y Gómez lanzaron un documento de gran valor histórico, el conocido Manifiesto de Montecristi.

En el mismo prometían una *"guerra entera y humanitaria"*, en la que se respetaría la propiedad privada del campo y no se atacaría a los españoles no combatientes. Los negros serían bien recibidos si querían participar y se criticaba a todos los que decían que la raza negra era una amenaza para la libertad de Cuba, considerando que lo decían porque querían que el dominio español continuara indefinidamente.

Al final, Cuba sería una república *"diferente de las repúblicas feudales y teóricas de Hispanoamérica"*. Hay otro planteamiento sereno que debió ponerle los pelos de punta al gobierno español, si es que entendieron el Manifiesto: *"Cuba vuelve a la guerra con un pueblo democrático y culto, conocedor celoso de su derecho y del ajeno"*.

Habría un nuevo sistema económico, que proporcionaría trabajo a todos, y, por lo tanto, una nación libre, bien situada entre las zonas del mundo productoras de bienes industriales y agrícolas, que sustituiría a un país humillado, cuya prosperidad solo podía conseguirse con la connivencia de la tiranía y de los ávidos explotadores.

La Corona Española no quería dejar nada al azar y, oliéndose que en esta ocasión las cosas podían salirse de su control, toma drásticas medidas en respuesta a la sublevación.

Envía, desde La Habana a Oriente, 9,000 hombres. Se suspenden las pocas garantías constitucionales existentes y se aplica una férrea censura a la prensa.

Como sabemos, la censura de prensa es un instrumento usado por los gobiernos de manera punitiva en tiempos de crisis. Desde el 1959, y hasta el presente, el gobierno cubano tiene el mérito de haber erradicado (incluso antes que el analfabetismo) la oprobiosa censura de manera práctica y sencilla.

Desde esa fecha todos los medios de prensa existentes son voceros del gobierno, repitiéndose unos a otros las mismas "noticias y análisis objetivos" suministrados por el mismo gobierno.

De esa forma se mantiene inmaculada la "verdad del gobierno" sin necesidad de usar los poco populares censores con el consiguiente recorte de burocracia y ahorro de salarios. Otro nivel, sin dudas.

Volviendo a donde andábamos y, como si fuera poco, el 21 de marzo se envían otros 7,000 hombres de refuerzo y se nombra a Arsenio Martínez Campos, —artífice de la Paz de Zanjón—, Capitán General de Cuba, con la clara esperanza de ver si apaciguaba la Isla como lo había hecho en 1878.

Pero, como está probado hasta la saciedad, las segundas partes nunca han sido buenas, excepto honrosas excepciones como la saga del Señor de los Anillos, por lo que la *Tarea Ordenamiento* (segunda temporada), también conocida como *Reordenamiento del Ordenamiento* del país, le iba a quedar muy grande como se verá. Alrededor de cuatro tallas más que la que él usaba de ropa interior.

Del lado mambí los inicios no fueron tan promisorios como se esperaban. Aunque ya estaban repartiendo cantidades generosas de cargas al machete a diestra y siniestra en muchas localidades del Oriente, las tropas españolas sofocaron todos los levantamientos en las demás 5 provincias.

Quedaba Oriente dando guerra solamente y era imprescindible extender equitativamente la repartición de las cargas al machete y los incendios a las propiedades pro-españolas de todo el país.

El objetivo era machete y candela parejo para todo el mundo, para que no se quejen de discriminación territorial.

Sin embargo, y para desgracia de España, esta vez los cubanos habían obtenido experiencia de todos los cientos de errores y meteduras de pata de la Guerra de los Diez Años y la Guerra Chiquita. Vaya, que no siempre se tropieza tres veces con la misma piedra.

En esta ocasión también contaban con un decisivo apoyo de las fuerzas políticas dentro y fuera del país, así como una mayor conciencia nacional, por lo que no cejaron en su empeño y decidieron organizarse y hacer más productivas y eficientes las cargas al machete y las quemas de propiedades enemigas. Para lograrlo se concibieron varias campañas con objetivos claros.

La principal de todas fue *La Invasión de Oriente a Occidente,* dirigida por Máximo Gómez y Antonio Maceo. Esta campaña ya era otro nivel y fue el "Pollo del Arroz con Pollo" de esta sublevación.

Iniciada en el 22 de octubre de 1895 con el objetivo general de extender la guerra, sí o sí, al resto del país, culmina el 22 de enero de 1896 en Mantua, Pinar del Río la provincia más occidental del país.

Para iniciarla, Gómez le mandó un mensaje cifrado a Maceo, —según habían acordado previamente—, con la frase que es un referente para todos los nacionales: *¡Móntate que te quedas!*

Aunque la guerra logró extenderse a Occidente, como resultado de la Invasión, los cubanos recibieron fuertes golpes: José Martí y Antonio Maceo murieron en la contienda. Ambos perecen en combate. Martí en los inicios (Dos Ríos, 1895) y Maceo muere en una emboscada (Punta Brava, 1896).

Entre las más brillantes victorias obtenidas por los independen-tista cubanos se destaca el cruce de Trocha de Júcaro a Morón en lo que actualmente es la provincia de Ciego de Ávila.

La Trocha, ubicada casi en el centro del país, era una especie de Muralla China hecha por los españoles en el trópico. Compuesta por una cadena de fuertes y asentamientos de tropas ibéricas, tenía el objetivo (que nunca cumplió) de impedir el cruce de las tropas libertadoras hacia el Occidente.

El paso de dicha Trocha representaba no solamente una necesi-dad para el cumplimiento de la campaña de liberación del Occi-dente, sino además una victoria que demostraría el desarrollo mi-litar de los insurgentes al burlar de manera continuada ese retén o punto de control masivo.

Generalizada la rebelión en toda la isla, el gobierno central de Madrid destituyó al general Martínez Campos y sacó del banco una de sus principales y sangrientas cartas, el general Valeriano Weyler. Este último llevaría a cabo una campaña atroz en su afán de derro-tar a los independentistas cubanos.

Con un cuarto de millón de hombres, el general Weyler se pro-puso acabar la guerra en un periodo de veinticuatro meses.

Una de sus medidas más brillantes sería colocar a los habitantes rurales en campos de concentración (le llamó eufemísticamente a este proceso coercitivo *La Reconcentración*) para que de esta ma-nera se privara a los sublevados del apoyo del campesinado, si es que iba a haber ese apoyo.

Se calcula que alrededor del 20 % de la población cubana fue ex-terminada como consecuencia de *La Reconcentración* Weyleriana. Alrededor de cien mil cubanos murieron en dichos campos de con-centración debido al hambre y las enfermedades; la mayoría niños, mujeres y ancianos.

Otros 300,000 fueron desplazados de sus lugares habituales de vivienda y trabajo.

Esta política llevó a la destrucción de la riqueza agrícola del país. Se calculó que el daño causado, —solamente en 1896—, fue de 40 millones de dólares, aunque las pérdidas totales fueron mucho mayores dado que los ingenios azucareros y las fábricas de tabaco dejaron de funcionar por falta de materia prima. ¡Bravo por Valeriano!

Los cubanos de la época, y sus descendientes, ha expresado el sincero deseo que el Sr. Wayler esté, por mucho tiempo, en el círculo del infierno que le corresponda.

El señor Weyler pudo ser un perfecto candidato a dirigente y estratega del futuro Tercer Reich Nazi. Algunos estudiosos dicen que mandó la aplicación, pero fue rotundamente negado por no ser ario genuino y suspender en la entrevista al desconocer los dos postres favoritos de Himler.

¡De la que se salvaron los judíos europeos!

A pesar del incremento constante de tropas españolas, la política de *Reconcentración* y la abrumadora superioridad de su ejército, Weyler fue incapaz de derrotar a los rebeldes cubanos.

La posesión de líneas de fortificación, ferrocarriles, vigilancia de costas, desayuno, almuerzo, merienda reforzada y comida garantizadas, así como un armamento más moderno que el de los rebeldes cubanos; no detuvo la balanza, que se inclinaba cada vez hacia el bando insurrecto.

Estos, conocedores del terreno y movidos por un fuerte espíritu independentista llevaron a cabo una eficiente guerra, consistente en operaciones ofensivo-defensivas que fueron desgastando al ejército español paulatinamente sin que este pudiera obtener resultados favorables.

No podemos pasar por alto el siguiente detalle, que aunque

duela hay que mencionar: Cuba no recibió ayuda de ninguna nación "hermana" de Latinoamérica. Algunos se escudaron detrás de una supuesta neutralidad y otros, abiertamente, se negaron a auxiliar o cooperar con la independencia de Cuba.

El presidente norteamericano Stephen Grover Cleveland, en su segundo mandato (1893 – 1897), reafirmó su postura neutral, prometiendo procesar a todo ciudadano norteamericano que ayudara a cualquier rebelde, con lo que le estaba poniendo una buena zancadilla a la ayuda que podía mandarse desde eses país. Una especie de Poncio Pilatos de habla inglesa.

La actuación de los gobiernos de América Latina fue decepcionante, más o menos obtuvieron 1 de 10 puntos posibles.

Solo el presidente Eloy Alfaro, de Ecuador, prestó algún apoyo a la rebelión. El dictador mexicano Porfirio Díaz, le había dicho a su ministro de Asuntos Exteriores, Gonzalo de Quesada, que creía que la victoria española era inevitable.

Incluso coqueteó con la idea de anexar Cuba a México. Hubiera sido un experimento interesante, sobre todo en lo cultural. ¿Imaginan "Las Mañanitas" a ritmo de guaguancó o "El Negro está Cocinando" tocado por un grupo de cumbia norteña?

Un joven escritor cubano, Enrique José Varona, lanzó un llamamiento a los pueblos de la región, *"Manifiesto del Partido Revolucionario Cubano a los pueblos Hispano-americanos"* a ver si había alguna reacción positiva pero todos los "hermanos" del continente se hicieron los sordos, ciegos y mudos.

Así que, por falta de gestión no quedó.

La mayoría de los pueblos sudamericanos, que estaban embotados bajo el mando de dictadores sanguinarios, sostenidos a su vez por ejércitos miserables, miraron hacia otro lado y siguieron su camino. ¡Viva la unidad de América Latina!

La guerra, en Cuba, continuaba con singular ferocidad. El 15 de abril de 1896, Máximo Gómez envió desde su cuartel general una circular en la que declaraba, refiriéndose a la recolección del azúcar, *"Los propietarios de los molinos que continúen moliendo... serán ahorcados inmediatamente. Solo es necesario identificarlos"*.

Como habíamos señalado, ahora la lucha era hasta el final, no había marcha atrás, cualquiera que fuera el final.

Para finales de 1897, el gobierno español se dio el susto de su vida al encontrarse, de momento, con las arcas vacías (la culpa hay que cargársela a siglos de dilapidación de todos los incontables recursos obtenidos en las colonias del Nuevo Mundo).

Para colmo el feroz e invencible ejército español estaba agotado y diezmado, como ya hemos señalado, por las enfermedades tropicales, el constante ataque de patrióticos mosquitos y jejenes, y la tenaz resistencia de los rebeldes.

El presidente del Consejo de Ministros de España del momento, Práxedes Mateo Sagasta (en la casa le decían cariñosamente Praxi para evitar pronunciar el nombre de supositorio que se gastaba el Ministro en Jefe) decidió finalmente destituir a Weyler en favor del general Ramón Blanco; no tanto por el costo político de su modo de hacer la guerra como por su sonado fracaso militar.

Un suspiro de alivio generalizado se dejó oír en montes y ciudades cubanas al enterarse de que Weyler y su *Reconcentración* habían sido mandados a un lugar más lejano aún que la casa donde habitaba el carajo.

En su primera alocución a los cubanos, Blanco anunció que el gobierno español había cambiado de política completamente y había llegado a concederles el autogobierno. Sin embargo, iba a barrer a los que se habían levantado en armas y acoger de nuevo a los que y se integraran a vivir "dentro de la ley".

Sus instrucciones eran abandonar todo nuevo intento de ofensiva y mantener las líneas tal como estaban hasta entonces. El 6 de noviembre, en Madrid, se proclamó una amnistía total para todos los prisioneros políticos de Cuba y Puerto Rico.

Al parecer España seguía sin entender que las cosas ya no iban a ser nunca más como lo habían sido hasta entonces. Para aclararles la mente, Máximo Gómez replicó con la orden de que cualquier oficial cubano que se acogiera a *"vivir dentro de la ley"* española sería sometido a un consejo de guerra.

El 25 de noviembre de 1897, el gobierno liberal que regía en España, pensando ingenua y erróneamente que era un poquito tarde pero que la cosa podía arreglarse todavía con dos o tres costuras y un dobladillo al revés, concedió a Cuba la autonomía que ellos consideraban que compraría a los cubanos y pastorearía a los mambises al regresar a sus casas. A seguir siendo fieles a la Corona, y aquí no ha pasado nada.

De esta forma, se autoriza la formación de un parlamento insular bicameral y un autogobierno de amplios poderes, bajo la autoridad del gobernador general.

El nuevo gobierno entró en funciones el 1 de enero de 1898, y en abril se celebraron las elecciones que eligieron las nuevas cámaras. Sin embargo, había un detalle con que los avispados españoles no contaban: Cuba ya no pasaba desapercibida para el poderoso vecino del Norte que se frotaba las manos pensando en las posesiones españolas que podía heredar legalmente con ayuda de un poco de fuerza y, especialmente, ya tenía planes para esa Isla que florecía muy cerca de su costa sur.

ALÁNIMO, ALÁNIMO, LA FUENTE SE ROMPIÓ

Reloj, detén tu camino,
porque voy a enloquecer.
Coro del gobierno y los reyes de España

La esperada entrada, —esa jugada estaba cantada hacía tiempo desde la esquina de tercera del naciente Imperio—, de los estadounidenses en la contienda cubano-española añadió un jugador nuevo al match y, de paso, impidió que el nuevo autogobierno llegara a asentarse.

Como nos narra la historia, el 15 de abril de 1898 el acorazado estadounidense Maine se hundió en la bahía de La Habana debido a una explosión de origen desconocido. Estados Unidos calificó lo sucedido como Acto de Guerra y, —no faltaba más—, legitimó con ese suceso su entrada en las acciones bélicas que se llevaban a cabo en Cuba.

A partir de entonces, la bronca tripartita fue formalmente denominada Guerra Hispano-Cubana-Norteamericana por los historiadores que estaban de guardia en ese momento.

Veamos lo que sucedió más al detalle.

El USS Maine (ACR–1) era un acorazado de la Armada de los Estados Unidos, el segundo en entrar en servicio y el primer buque en portar el nombre del estado de Maine.

Sin embargo, los especialistas de la época consideraban el Maine como un buque ya obsoleto en el mismo momento de su entrada en servicio, o sea, una reverenda mierda acorazada.

Varios factores incidieron en darle esa negativa denominación: prolongado periodo de construcción y que al momento de ponerse en servicio no estaba a la altura de los cambios en los roles a desempeñar por los buques de su tipo en la táctica naval y en la tecnología que se estaba usando.

169

Súmele a eso la disposición de la artillería principal (en echelon) que había sido desechada como inoperante por las potencias navales europeas antes de que el Maine saliera a navegar.

Muy arrogantemente y, como de costumbre, los norteamericanos se hicieron de oídos sordos a estas críticas especializadas y decidieron unilateralmente que el Maine era todo un tipazo de buque y lo lanzaron a la mar entre sonoros bombos, platillos y el descorche de una botella de champan de $ 1.99.

Con todos sus defectos, y tripulado por 355 marinos (26 oficiales, 290 marineros, y 39 infantes de marina), de los que 261 perecieron en su hundimiento, fue enviado para proteger los sacrosantos intereses de los ciudadanos estadounidenses durante la revuelta cubana contra España.

Y como ya dijimos, estalló de repente, sin previo aviso.

Las causas de la explosión no quedaron muy claras en la comisión de investigación que se organizó inmediatamente, pero la opinión pública estadounidense, —avivada por las proclamas incendiarias de la prensa bijolera—, inmediatamente culpó a España.

La frase *¡Recordad el Maine, al infierno con España! (Remember the Maine, to Hell with Spain!* se convirtió en el aquelarre favorito para quienes clamaban por la guerra.

El hundimiento del Maine aún continúa siendo objeto de especulaciones. Las teorías han incluido desde un incendio no detectado en una carbonera, —imprudentemente localizada junto a los pañoles de munición—, a una mina naval.

También se ha pensado sobre el hundimiento deliberado por algunas de las facciones interesadas; cubanos pro-españoles, marinos españoles, insurgentes cubanos o marinos estadounidenses interesados en provocar el desencadenamiento de la guerra entre España y Estados Unidos con esta autoagresión.

En los últimos tiempos está ganando más popularidad la teoría que afirma que fue un experimento alienígena que se fue de control. En fin, que hay más teorías y sospechosos que en *Los Diez Negritos* de Agatha Christie.

Al parecer a nadie le interesaba, españoles o norteamericanos, llegar al fondo de lo que realmente había sucedido. Resumiendo: el único que se hundió y llegó al fondo fue el Maine, haciendo glup, glup, glup.

Aunque el hundimiento del Maine no fue la causa directa de la confrontación, sirvió como apropiado catalizador, acelerando el desarrollo de los acontecimientos posteriores en los cuales los yanquis le dieron unos cuantos cocotazos y pescozones a las tropas españolas hasta que estas se rindieron definitivamente.

Es importante señalar que las tensiones por la posesión de Cuba entre España y Norteamérica se habían incrementado desde 1870. España se encontraba en una hipotética guerra contra ellos en clara desventaja tanto en el aspecto militar (tamaño y capacidades de las flotas de guerra), como el desgaste (España llevaba años luchando contra los movimientos independentistas mientras Estados Unidos estaba más fresco que una lechuga a las 5 de la mañana), el demográfico (en 1890 Norteamérica tenía más de 62 millones de habitantes por unos 18 millones de ciudadanos españoles), el geográfico (Estados Unidos luchaba cerca de su territorio, mientras que España tenía que mandar tropas al otro lado del planeta, a Cuba o Filipinas).

Por si hicieran falta más condimentos, el factor económico-industrial era muy desigual. Estados Unidos tenía grandes zonas industrializadas, mientras que España seguía siendo principalmente agrícola, aunque ocupaba un lugar cimero en la producción mundial de alpargatas, churros y mulatas.

Este era un caso típico de abuso.

Sin embargo, la agitación nacionalista española, en la que la prensa tuvo una influencia clave, provocó que el gobierno español no pudiera ceder y, tranquilamente, vender Cuba a los vecinos del Norte como antes había vendido Florida a ese país en 1821, en lo que entonces se denominó Operación Chocolate, tomado de la magistral frase del filósofo griego Sóplates: *¡Toma chocolate y paga lo que debes!*

Si el gobierno español vendía Cuba sería visto como una traición por una parte de la sociedad española y probablemente habría habido una nueva revolución en la península. Analizando fríamente, —con una calculadora inteligente en la mano—, los hechos; el gobierno madrileño prefirió librar una guerra perdida de antemano (era una *Muerte Anunciada*, como diría en su crónica el Gabo muchos años después), antes que arriesgarse a una revolución en su patio.

Es decir, optó por lo que se conoce con el jocoso término de "demolición controlada" para preservar el llamado Régimen de la Restauración.

Otro factor que inclinó la balanza hacia el enfrentamiento bélico es que nadie de los que tomaron esa "sabia y valiente decisión" en el gobierno español iba a luchar en el frente de batalla, sino que seguirían haciendo campaña política arropados en el seno de sus familias mientras los soldados eran, como sucede siempre, desechables.

La decisión entre perder el poder real o perder centenares de vidas ajenas en la guerra estuvo bien clara y definida: *¡Que se jodan los soldados, no faltaba más, Joder!*

No hay que olvidar que los Estados Unidos, que no habían alcanzado tickets en la fila para participar en el reparto de África y de Asia, y que desde principios del siglo XIX estaban llevando a cabo una política expansionista, fijaron inteligentemente su área de expansión inicial en el jardín adyacente, la región del Caribe.

¡Pobre de los vecinos cercanos!

De paso, también le habían echado el ojo, pero en menor medida, al Pacífico, donde su influencia ya se había dejado sentir en Hawái y Japón. Tanto en una zona como en otra se encontraban valiosas colonias españolas (Cuba y Puerto Rico en el Caribe; Filipinas, las Carolinas, las Marianas y las Palaos en el Pacífico).

Todas las colonias españolas resultaban ser presas fáciles para el naciente Imperio debido a la fuerte crisis política y económica que sacudía a la metrópoli desde el final del reinado de Isabel II. Además, en todas las colonias existían movimientos independentistas que socavaban, día a día, el otrora férreo dominio español.

Entonces, la pregunta del lado norteamericano era obvia: ¿Para qué sudar la camiseta si los mangos estaban maduros, bajitos, y se iban a caer solos?

En el caso de Cuba, su probado valor económico, agrícola y estratégico ya había provocado numerosas ofertas de compra de la Isla por parte de varios presidentes estadounidenses (John Quincy Adams, James Polk, James Buchanan y Ulysses S. Grant), que el gobierno español siempre rechazó.

La Isla de Cuba, principal joya de la corona ibérica no solo era una cuestión de prestigio para España, sino que se trataba de uno de sus territorios más ricos.

El tráfico comercial de su capital, La Habana, era comparable al que registraba en la misma época la ciudad de Barcelona.

Cada vez parecía más inminente el desencadenamiento del conflicto entre dos potencias a las que, paradójicamente, otros países consideraban de segunda categoría para los estándares de ese tiempo. Era como la pelea que abre la noche del cartel de boxeo para ir calentando al público y antecede a la bronca estelar de la jornada.

En la esquina azul estaba un país impetuoso, joven y todavía en desarrollo, sin mucha historia internacional, que buscaba hacerse un hueco en la política mundial a través de su pujante economía de libre mercado.

En la esquina roja el contendiente viejo, que intentaba mantener la influencia, el casco y la mala idea que le quedaba de sus antiguos años de gloria.

Vaya, sin dudas un clásico.

Los líderes estadounidenses, siempre a la viva y esperando la que se caía, vieron en la disminuida protección de las colonias, —producto de la crisis económica y financiera española—, la ocasión propicia de presentarse ante el mundo como la nueva potencia mundial, con una acción espectacular.

De hecho, la Guerra Hispano-Cubana-Norteamericana es considerada el punto de inflexión en el ascenso de la nación estadounidense como poder mundial, algo similar a la esperada presentación de la chica casamentera en sociedad.

Para su antagonista significó todo lo contrario, la acentuación de una crisis que tocaría fondo con una cruenta guerra civil en el siguiente siglo, seguida por una férrea dictadura. Situación adversa que se extendería sin mejorar y solo se resolvería bien entrada la segunda mitad del siglo XX, cuando la sociedad española finalmente logró recomponerse.

Bueno, ellos mismos dicen que se recompusieron.

¡Es preciso señalar que tres meses antes al BOOM! del Maine, el gobierno norteamericano había decretado bloqueo naval a la isla de Cuba, dizque para apoyar a los luchadores por la independencia nacional, sin que mediara declaración de guerra alguna, y cuando finalmente se declaró esta, se hizo con efectos retroactivos al comienzo del bloqueo.

El papel siempre aguanta todo lo que le ponen, sin chistar.

El 22 de abril, el gobernador Blanco (no está claro si contando o no con el apoyo oficial español), que estaba del mismo color que su apellido y, —avizorando el despetronque que se iba a formar cuando la flota de Estados Unidos ya había asomado las narices en el horizonte norte de La Habana—, escribió a Máximo Gómez para proponerle que, había llegado un "momento supremo", que se olvidaran las diferencias cubano-españolas.

Desfachatadamente la propuesta era llevar a cabo una alianza donde los cubanos recibirán armas del ejército español y, al grito de "*Hurra por España, Hurra por Cuba*" rechazaran de conjunto al invasor norteamericano, para mantener "*libres de un yugo extranjero a los descendientes de una misma raza*".

No se imaginan la cantidad de tipos sarcásticos disfrazados de cretinos que habitan el planeta Tierra. Al parecer el señor Blanco era uno de esos tantos.

Máximo Gómez, sin embargo, ni corto ni perezoso, no estaba dispuesto a discutir ni a apoyar la tonta idea de ningún modo, —aunque el tono de su carta-respuesta indicara que se daba cuenta del problema apuntado—; y lo sazonó generosamente: "*Usted representa a una monarquía vieja y desacreditada, nosotros luchamos por los mismos principios que Bolívar y Washington. Usted dice que pertenecemos a la misma raza y me invita a luchar contra el invasor extranjero. Yo solo conozco una raza, la humanidad, y para mí existen buenas y malas naciones. España se ha portado mal aquí y Estados Unidos está llevando a cabo por Cuba un deber de humanidad y civilización... De momento, solo tengo que repetirle que es demasiado tarde para entendimientos entre su ejército y el mío".*

Lo que Gómez le quiso decir se traduce en una sola línea: "Colorín, Colorado, este cuento se ha acabado; agárrate de la brocha que me llevo la escalera".

Realmente las huestes mambisas estaban luchando más por el convencimiento y decisión que con recursos. Al igual que los españoles estaban con la lengua afuera y los ojos botados por el esfuerzo sostenido; pero la moral era muy superior. El extra de los campeones está precisamente en eso.

Con esta carta, Máximo Gómez sellaba la suerte de España en el Nuevo Mundo, y también la de Cuba. Fue el decisivo acto de bienvenida a Estados Unidos que condicionó la historia cubana en los próximos sesenta años.

MÁS SE PERDIÓ EN CUBA

No será lo mismo sin ti,
ahora será todo mejor.
Carta de despedida de Cuba a España

Las tropas de Estados Unidos rápidamente arribaron a Cuba después de la declaración formal de la Guerra Hispano-Cubana-Norteamericana.

Como siempre, los soldados estadounidenses, —16,000 en esta ocasión—, desembarcan en el preciso momento, con aire casual de libertadores, sin despeinarse y mascando chicle de marca. Actitud que algunos historiadores han exitosamente documentado como una copia fiel de los más clásicos e icónicos éxitos de taquilla de Hollywood.

Pero la intervención yanqui no fue tan descarada, tuvo su justificación como ya vimos. Lo bueno es lo bueno, pero no lo demasiado.

Inteligentemente centraron sus operaciones militares en Santiago de Cuba, segunda plaza en importancia del país, pero alejada casi 900 kilómetros de La Habana, la capital del país, donde la concentración de fuerzas españolas y elementos defensivos era mayor.

Rubios, ojos claros y tratando de hacer más con menos; tremendo tres en uno.

Durante la breve contienda con España, la Armada de los Estados Unidos destruyó totalmente dos flotas españolas, una en la batalla de Cavite (Filipinas), y otra en la batalla naval de Santiago de Cuba.

En esta última, la flota española fue hecha talco intentando, —a toda máquina y sin casi esperanzas—, escapar a mar abierto con el viril grito de combate: *¡El último la Peste!*

Vergonzosamente, lo que quedaba de lo que un día se había hecho llamar la "Armada Invencible" española solo logró hundir un barco estadounidense en las dos guerras, el *USS Merrimac*.

De contra ese era un barco de vapor de poca monta que la armada norteamericana había evacuado y estaba planeando hundir a la salida de la bahía de Santiago de Cuba para bloquear el escape de los barcos españoles. ¡Tremenda acción militar española, Bravo tres veces!

El 3 de julio de 1898 fue el Día del Juicio Final (también conocido como del Desastre Total) para la armada española que comandaba el almirante Pascual Cervera y Topete.

El total de bajas en esta contienda naval fue bastante equitativo. Del lado español 350 muertos y 1670 prisioneros. La flota norteamericana tuvo un solo muerto y dos heridos.

El Almirante Sampson, al frente de la flota norteamericana y viejo camaján que no participó en la batalla porque había bajado a tierra, inmediatamente que se enteró de las buenas nuevas, —todo excitado—, cablegrafió a Washington: *"La flota a mis órdenes ofrece a la nación, como regalo por el 4 de julio, la flota de Cervera completa".*

Según lingüistas de la región oriental de Cuba, de este descalabro bélico español se originó el dicho popular: *"A Pascual se lo partieron igual"*

Por si fuera poco, algunas de las mejores unidades de la armada ibérica, como el acorazado *Pelayo* o el crucero *Carlos V* no intervinieron en la guerra a pesar de ser superiores a sus contrapartes estadounidenses, aumentado la sensación entre algunos de que se estaba asistiendo a la descrita "demolición controlada" por parte del gobierno español.

Esta táctica le permitía deshacerse de colonias ingobernables que se iban a perder más pronto que tarde, de una manera "bastante decorosa y creíble" evitando que el régimen de la restauración colapsara por la vergüenza o por una sublevación nacional.

Como explica el politólogo austriaco Miszeri Ko-Rdia en su ensayo *"Van Tropische Corruptie en Andere Demon"* este suceso se conoce como uno de los casos más claros de la denominada *Teoría CPI (Camancola en la Política Internacional)* que se haya podido demostrar en la historia reciente de la humanidad.

Un detalle que reafirma lo baja que tenía la hemoglobina y lo malparada que se encontraba España es que las pocas posesiones que conservó en el Pacífico, tras esta guerra, fueron vendidas a precios de cochino enfermo en 1899 a Alemania (las ya conocidas islas Marianas, Carolinas y Palaos).

Estamos hablando de casi 6,000 islas por las cuales los ibéricos recibieron 837,500 marcos oro alemanes (alrededor de 4,1 millones de dólares estadounidenses en ese momento). Mas o menos 139.60 marcos oro alemanes por isla, para poner este negociazo en contexto

Volviendo al Caribe, y a pesar de su superioridad numérica, las tropas interventoras norteamericanas se atascaron en la batalla de las Colinas de San Juan (que según estudiosos es donde surge la frase histórica *Las Colinas de San Juan, piden pan y no le dan*), aunque al final resultaron victoriosas.

En este encontronazo entre los dos ejércitos, los del Norte sufrieron más bajas que las tropas españolas debido, entre otros motivos, que estas últimas tenían una posición difícil de tomar, más experiencia combativa y un fusil, —el Máuser Modelo 1893—, muy superior a los fusiles Springfield norteños.

Para que se tenga una idea del rendimiento y precisión de esta arma, el Máuser Modelo 1893 llegó a ser considerado por la revista militar especializada *Tiralblanco Now* como el AK–47 del Siglo XIX.

Desafortunadamente las relaciones entre los norteamericanos y los cubanos empezaron a deteriorase rápidamente. Al parecer la actuación de las fuerzas cubanas había decepcionado a los del Norte.

Un poco exigentes estos muchachones recién llegados al combate, con uniforme limpio y avituallamientos disponibles. ¡Le zumba el merequetén!

Pero quizás los tiros iban por otros lares, el ejército norteamericano estaba compuesto en su mayor parte por efectivos blancos y en el cubano se encontraba uno de ese color como rara excepción cada mil combatientes.

Vaya, que aceptar públicamente que tus aliados eran negros sonaba tan fuerte en ese tiempo como ser varón y que venga tu novio a pedir formalmente tu mano a tus padres durante una reunión familiar. ¡Sacrilegio!

Otro detalle, bastante rastrero este, era que las provisiones de los yanquis no eran exageradamente abundantes y los rubios se molestaban cuando eran compartidas con los cubanos.

La lógica más básica indica que, si no puedes compartir lo que tienes con tus aliados, debes hacerte la siguiente pregunta: ¿qué clase de aliado eres tú?

Así mismo, los prisioneros españoles generalmente eran tratados con gran camaradería por sus captores, los cuales creían que eran unos "caballerosos enemigos". Obviamente el ejército español no había fusilado a sus amigos, maltratado o matado de hambre a sus familiares, violado a sus esposas o incendiado sus propiedades.

Quizás esos pequeños detalles eran los que hacían la diferencia entre los "caballerosos enemigos" y los "salvajes nativos". Todo es relativo y depende del punto de vista desde donde se mire, como demostró científicamente Mylly Vanylly en el estudio *La Levedad de la Croqueta*, publicado en 1988 por la editorial Villapol.

Para rematar, el general Shafter trataba con desdén a Calixto García, sugiriendo que los cubanos, en vez de luchar, trabajaran como peones en sus campamentos. Sin comentarios para evitar loas y buenos deseos a la madre y abuela de ese insigne militar.

Fue una guerra relámpago, duró menos que un mal meme en Facebook. La segunda plaza más importante del país, Santiago de Cuba, se rindió el 16 de julio con lo que finalmente España recibió el contundente Jaque Mate Pastor que estaba esperando ansiosamente.

Según estimados, los fallecidos en la campaña terrestre fueron alrededor de 600 por la parte española, 250 por la estadounidense y 100 por la cubana. No todos fueron a causa de heridas de bala, muchos perecieron de enfermedades y algunos de diarreas por el agua contaminada y las orgías estomacales con las frutas tropicales.

Como sabemos, los combates se realizaron por completo en la costa sur del oriente de Cuba donde los buques estadounidenses desembarcaron con un considerable ejército para "ayudar" a los mambises.

A pesar de que ese era el objetivo manifiesto, en realidad lo que sucedió fue que las tropas del Norte, —que se autoproclamaron liberadoras de Cuba—, desfilaron victoriosas en varias ciudades —incluyendo La Habana— y apenas se mencionó el esfuerzo de los mambises.

Esto trajo desacuerdos con las tropas estadounidenses, destacándose el general Calixto García, que seguía con el dedo puesto en la tecla y, —muy bravito y molesto—, le puso el bafle en una carta que le envió al general Shafter señalándole la trapisonda que le habían jugado a los mambises.

Shafter se tomó la tremenda molestia de no responderle.

Aunque hay algunas teorías; nunca se ha sabido el destino, o el uso final, que el general yanqui le dio a ese documento.

A pesar de que la guerra fue ganada con el apoyo de los mambises, el general norteamericano Shafter, haciendo adecuado uso de su antipática personalidad, impidió la entrada victoriosa de los cubanos en Santiago de Cuba, bajo el pretexto de que los criollos tomarían "posibles represalias".

Finalmente, y como todos esperaban, el gobierno español pidió, en julio, el agua por señas. Desde su esquina del ring, en la Península Ibérica, le tiró una toalla playera a su gobierno en La Habana y manifestó su sincero deseo de negociar la paz y salir de Cuba lo antes posible.

La guerra concluyó con la firma de un tratado de paz (Tratado de París, del 10 de diciembre de 1898) entre España y Estados Unidos. Como sucede invariablemente en estos casos el perdedor se va del lugar cabizbajo, sin dinero, camisa, reloj, mujer y auto.

Por menos de un año de acciones más o menos bélicas, Norteamérica recibió el control absoluto de Cuba, Puerto Rico y Filipinas.

En España el resultado de la guerra se vivió como una tragedia, pero solo entre la clase intelectual, ya que la mayoría de la población, pobre y analfabeta, estaba más preocupada por procurarse los garbanzos del diario sustento que por la pérdida de una colonia, cualquiera que esta fuera.

Aparte de la patética histeria local ibérica, ese desastre no tuvo nada de excepcional en el contexto internacional de la época.

Ese mismo año los franceses habían tenido que retirarse vergonzosamente ante los británicos en el incidente de Fachoda (localidad ubicada en el actual Sudan del Sur); los portugueses también habían cedido, —sin disparar un tiro ni tirar una semilla de mango—, todas sus colonias a los ingleses en 1890; los italianos fueron humillados militarmente por los nativos en Abisinia en 1896; los griegos sufrieron una dura derrota ante los turcos; China era un Estado dominado por los extranjeros; los rusos fueron apabullantemente derrotados por los japoneses en 1905 y los turcos fueron molidos por los italianos en 1912, entre otros ejemplos.

O sea, que histeria y telenovela aparte, a España le tocó lo suyo en el nuevo orden mundial donde una potencia emergente los había puesto en el lugar que les correspondía. El Sueño Español se había terminado en Pesadilla y comenzaba la temporada del Sueño Americano.

Como se habrán dado cuenta, la intervención de los Estados Unidos en el conflicto inclinó definitivamente la balanza hacia la expulsión de los españoles de Cuba, la cual no iba a suceder en tiempo cercano porque los dos bandos en disputa estaban tan agotados y desgastados que lo que se estaba viviendo era un empate técnico sin previsible ganador.

Ahora, analizando fríamente lo acontecimientos, la inmensa mayoría de los estudios afirman que para España la pérdida de Cuba fue un hecho económico muy positivo, sin precedente. Como resultado se generó un crecimiento sostenido en la economía ibérica que se mantuvo por los 30 años siguientes (hasta 1930 aproximadamente).

Si bien abrió la puerta a la expansión económica de los peninsulares logrando una estabilidad enorme para el país, por otro lado, fue un desastre cultural y un golpe irrecuperable a la moral española. Por ahí todavía ronda la frase: *"Más se perdió en Cuba"*, que se dice siempre acompañada de un lánguido suspiro. La misma justifica cuando salen mal las cosas y no quieres echarte la culpa.

Por separado, Cuba prosperó y España prosperó; por lo que al final el cese del dominio español sobre Cuba fue la mejor solución al conflicto de desgaste en que estaban enredados los dos países.

Diferente perro, mismo collar

Tom is a Girl; Mary is a Boy.
Inglés con Baches

La situación económica y social de Cuba, después de tantos años de guerra y destrucción, le pondría los pelos de punta al mismísimo Freddy, el de Viernes 13, y erizaría a los de los habitantes de Cauto Embarcadero, en la región oriental de Cuba.

El país había heredado muchas cosas que agradecerle a España, entre estas podemos citar la lengua castellana; una economía en ruinas con una ínfima cantidad de plantaciones e ingenios sobrevivientes al desmadre; la religión católica; setenta y cinco por ciento de la población analfabeta; la arquitectura colonial; muchos pueblos habían sido tan saqueados que resultaban sencillamente inhabitables; el arte culinario; una sociedad que se había endeudado más allá de lo imaginable para tratar de sobrevivir; la música; unos niveles de corrupción más altos que los de Odebrecht, Braskem y Pemex juntos; la forma de vestir y; como ya sabemos, las mulatas y mulatos.

Nada de esto le hizo mella a la visión de futuro que los imperialistas norteamericanos tenían para sus negocios en la Isla.

Después de la rendición de los españoles, y respondiendo a la idea anexionista que era la que realmente algunos norteamericanos tenían en mente, se produce el primer acto de la ocupación estadounidense. El 13 de diciembre de 1898 (¡tenía que ser un día 13!) se decreta una rebaja de aranceles a los productos estadounidenses que entraban a Cuba.

De esta forma, se eliminaba legalmente una de las trabas que tenía el gobierno estadounidense para la completar la dominación económica de Cuba. Este fue un acto unilateral, ya que los productos cubanos no sufrían ninguna rebaja de aranceles al entrar a Estados Unidos. Así de duro y directo.

Siguiendo en la misma línea de dominio económico, se crea la Ley de Deslindes y división de haciendas comunales, mediante la cual el Estado entra en posesión de muchas tierras.

Sospechosamente, muchas de esas tierras serían vendidas posteriormente a empresas estadounidenses privadas, usando para ello el marco legal de la Ley Ferrocarrilera, la cual favorecería las inversiones estadounidenses en esa esfera y desplazaría a los ingleses del pastel. Segundo buen leñazo económico.

Recuérdese que los hijos de la Pérfida Albión habían perdido su oportunidad de dominar la Isla siglos antes por flemáticos, lentos e indecisos. La historia, y muchos cubanos, no se lo perdonaron. Ni aún hoy se lo perdonan.

Junto con esta Ley se emiten concesiones mineras favorables a las compañías estadounidenses, las que obtienen el derecho, y el izquierdo también, para explotar minas en Cuba. Tercer Strike.

De paso, y para los todavía incrédulos de que Cuba había pasado de una metrópoli a otra, junto a la bandera cubana, en el Morro, ondeaba la estadounidense. En la celebración oficial por la victoria de la guerra se escuchó el himno estadounidense, opacando totalmente a la parte cubana.

Muchos cubanos, incluidos principales figuras mambisas, se comenzaron a cuestionar cándidamente si habían comprado un pasaje para salir de Guatemala y habían arribado a Guatepeor.

Sin embargo, hubo una parte de la población que celebró con júbilo extenso y carnavalesco esta situación, fueron los inveterados anexionistas que después de años de espera se dieron cuenta de que su momento ya podía había llegado.

Con el inicio de la ocupación militar estadounidense el 1 de enero de 1899, y ante la preocupación de que los cubanos retomasen su lucha por la independencia, una de las primeras acciones del gobernador militar John L. Brooke fue desarmar a la población cubana.

Esta medida se centró especialmente en los excombatientes del Ejército Libertador, con el fin explícito de eliminar cualquier posibilidad de resistencia armada contra las fuerzas estadounidenses.

La propuesta del presidente estadounidense McKinley fue destinar 3 millones de dólares para comprarle a cada cubano su fusil y todas las balas que portaban.

Una solución monetaria bien yanqui: resolver todas las situaciones complicadas usando el dinero como probado y engrasante agente disuasor. Vaya, un efectivo WD–40 para solucionar las complicaciones políticas internas y externas.

En la situación en que se encontraban los libertadores cubanos, deprimidos y frustrados por ver echados por la borda todos sus intereses, además de los depauperados y flacos de sus bolsillos por la miseria extrema que generó la guerra de independencia y la bien recordada Reconcentración; la mayoría apoyaron esta acción.

Una vez más triunfaba el estómago vacío sobre la lógica rellena.

Para demostrar que lo que bien se aprende nunca se olvida, 60 años después Fidel Castro repitió la hábil maniobra de dejar a la población sin armas.

Castro, que llegó a tener Fuerza 9.6 en la Escala Simpson-Maquiavelo, fue más inteligente aún. No pagó ni un centavo (ni en moneda nacional ni en ninguna otra) por cada arma que sacó de circulación. Siempre se puede más.

Siguiendo la línea de neutralizar todo lo posible a las fuerzas nacionales, otra de las astutas medidas del gobierno provisional interventor fue la desintegración del Ejército Libertador, otorgándoles una leve pensión vitalicia. Esto resultaba una excusa descarada para completar el control militar sobre a Cuba y quedar como soberanos libertadores.

Se jubiló a todos los participantes y se deshizo el PRC (Partido Revolucionario Cubano, eje armador de la lucha armada fundado por José Martí) por si las moscas.

Muchos de estos jubilados eran veteranos de cierta edad que no vivirían mucho tiempo para disfrutar de dicha pensión, por lo que no constituía una inversión tan significativa como daba la impresión. De nuevo manifestándose la política norteamericana conocida como *Monedero Abierto*.

La regencia temporal de Brooke no fue totalmente negativa. Después de "pacificar" la Isla, Johnny impulsó la ejecución de obras públicas y de saneamiento, organizó la Enseñanza Superior, creó la Universidad Nacional y el Instituto de Segunda Enseñanza de La Habana. En ese período de institucionalización se crea el Poder Judicial con el correspondiente Tribunal Supremo.

De paso y para seguir controlando, organizó la Policía de La Habana, confiando su jefatura al general Mario García Menocal, y la Guardia Rural bajo el mando del general Alejandro Rodríguez.

El 20 de diciembre de 1899, Brooke le entrega la pelota a Leonard Wood que había estado calentando durante un tiempo y es el que viene a encargarse durante el resto de los innings que duró esta primera intervención norteamericana en Cuba.

Hay que señalar que este cambio de poderes fue el producto de chismes, bretes e intrigas en las más altas esferas del gobierno norteamericano. Vaya, que en cualquier latitud le serruchan el piso y le hacen una cama al más pinto. Ver para creer.

Entre las líneas de trabajo priorizadas por Wood estaba la limpieza y el embellecimiento. Crea el Departamento de Sanidad, que asistido de la colaboración científica del doctor Carlos J. Finlay erradica la fiebre amarilla, pero no a los mosquitos.

Muy buena esa por Finlay, pero los cubanos y los visitantes extranjeros le agradecerían más si hubiera erradicado a los mosquitos.

De esa forma se mataban dos pájaros de un tiro: la fiebre amarilla al no poder transmitirse, y los zancudos no habrían continuado atormentando y sacando de quicio a todos con sus irritantes zumbidos y molestas picadas.

También organiza, en el Castillo de la Fuerza, la Biblioteca Nacional; establece la Enseñanza Primaria, Juntas de Educación y Juzgados Correccionales; realiza un censo de población, que dio como resultados 1 572 577 habitantes; aunque menos de la cuarta parte de la población tenían derecho a votar.

El 18 de abril de 1900 se emite la Orden Militar número 164, que dispone la celebración de comicios municipales, los cuales se celebrarían el 16 de junio de 1900 para elegir a los alcaldes, tesoreros y jueces municipales por una duración de 1 año.

Lo interesante de esta Ley Electoral, diseñada para regular el desarrollo de estos comicios, es que dispone que solo podrán votar los cubanos mayores de 21 años, que hayan servido en el Ejército Libertador, y que posean bienes con una valoración mínima de 250 pesos.

O sea, que, si eras mayor de edad y calificabas como veterano mambí por el historial acumulado de cargas al machete y teas incendiarias efectuadas, pero solamente podías demostrar que tu capital ascendía a 249 pesos y 99 centavos; no calificabas, solamente te daban un diploma de *Gracias por tratar de Participar*, pero NO podías votar.

Todavía los historiadores se preguntan que tenía que ver la mayoría de edad, ser veterano y poseer 250 pesos para ser un votante elegible. La única explicación que han encontrado es la misma que resuelve la famosa paradoja de la similitud entre el culo y la llovizna.

La Asamblea Constituyente redactó y aprobó la Constitución de 1901, la cual tuvo carácter liberal-democrático. En esta Carta Magna estaban contenidas las partes clásicas de toda constitución moderna: la dogmática relativa a los derechos individuales que había conquistado y consagrado la Revolución francesa; así como la orgánica referente a la estructura, funciones y derechos de la organización estatal.

Vaya, un F1 tropical, similar al que se obtiene de cruzar un Cebú mulato autóctono con una rubia Holstein suiza.

En esencia se estableció un régimen republicano y representativo, estructurado en la célebre división de poderes de Montesquieu.

El legislativo se componía de un Senado y una Cámara de Representantes (sistema bicameral), un poder judicial con una relativa independencia, haciendo a sus componentes inamovibles, pero dependientes del Ejecutivo y a veces también del legislativo en cuanto a sus nombramientos.

Como parte de esta Constitución la Asamblea debía proveer y acordar con Estados Unidos lo referente a las relaciones que deberían existir entre ambos gobiernos.

En medio de los trabajos de la Comisión cubana encargada de dictaminar sobre las futuras relaciones entre Cuba y Estados Unidos, el congreso estadounidense aprueba la Enmienda Platt, con la que el gobierno de ese país se otorgaba frescamente el derecho a intervenir en los asuntos internos de la Isla cuando lo entendiera conveniente.

De nuevo se les recordaba a los de escasa memoria que Cuba tenía una metrópoli recién estrenada.

Mediante esta ley, se excluye desfachatadamente la Isla de Pinos de la jurisdicción cubana "*la Isla de Pinos será omitido de los límites de Cuba propuestos por la Constitución, dejándose para un futuro arreglo por Tratado la propiedad de la misma*". (Artículo VI).

También se condiciona el arrendamiento, de a Pepe, de ciertos servicios "*el Gobierno de Cuba venderá o arrendará a los Estados Unidos las tierras necesarias para carboneras o estaciones navales en ciertos puntos determinados que se convendrán con el presidente de los Estados Unidos*". (Artículo VII).

Pero hay más, pues permite de facto la intervención militar y política "*el Gobierno de Cuba consiente que los Estados Unidos pueden ejercitar el derecho de intervenir para la conservación de la independencia cubana, el mantenimiento de un Gobierno adecuado para la protección de vidas, propiedad y libertad individual y para cumplir las obligaciones que, con respecto a Cuba, han sido impuestas a los EE. UU. por el Tratado de París y que deben ahora ser asumidas y cumplidas por el Gobierno de Cuba*". (Artículo III).

Y se sigue poniendo mejor, al restringir las relaciones exteriores de Cuba: "*el Gobierno de Cuba nunca celebrará con ningún Poder o Poderes extranjeros ningún Tratado u otro convenio que pueda menoscabar o tienda a menoscabar la independencia de Cuba ni en manera alguna autorice o permite a ningún Poder o Poderes extranjeros, obtener por colonización o para propósitos militares o navales, o de otra manera, asiento en o control sobre ninguna porción de dicha Isla*". (Artículo I).

Para finalizar, incluso mete las narices en la economía nacional limitando los niveles de deuda pública: "*dicho Gobierno no asumirá o contraerá ninguna deuda pública para el pago de cuyos intereses y amortización definitiva después de cubiertos los gastos corrientes del Gobierno, resulten inadecuados los ingresos ordinarios".* (Artículo II).

Ante tamaña afrenta, las protestas, —a todos los niveles de la sociedad cubana—, no se hicieron esperar. A los ánimos, que ya estaban caldeados, les subieron dos rayas; manifestaciones, disturbios, fiestas y música alta hasta entrada la madrugada para molestar al vecindario y llamar la atención sobre lo que estaba pasando, etc.

La prensa no se quedó atrás. Una caricatura, publicada el Viernes Santo (12 de abril) por el periódico *La Discusión* mostraba a Cuba crucificada entre dos ladrones: Wood y McKinley. El senador Platt aparecía en segundo plano llevando una lanza en las manos.

A pesar de la oposición de los delegados a la Asamblea Constituyente, la presión estadounidense, —que colocaba a los cubanos ante la disyuntiva de tener una república con la Enmienda clavada en un costado, o que continuara la ocupación—, logró que esta quedara aprobada por los cubanos el 12 de junio de 1901.

Vaya, la cosa fue que pusieron a Cuba entre la Enmienda Platt y la pared— léase ocupación indefinida. Había que elegir lo menos malo.

Seis meses después, el 31 de Diciembre de 1901, Wood convocó comicios generales para elegir al primer presidente de la naciente república.

Máximo Gómez tocó la bola por tercera y rehusó presentar su candidatura con la explicación de que *"los hombres de la guerra son para la guerra, y los de la paz, para la paz"*. Traducida al castellano que se habla en la actualidad, esa frase significa algo así como *"la técnica es la técnica; y sin técnica, no hay técnica"*.

Se presentaron dos candidaturas. Una era la de Estrada Palma, que residía en los Estados Unidos y desde allí había dirigido la Junta de Nueva York después de la muerte de José Martí.

Dentro del octagon, el otro contendiente era Bartolomé Masó, que había sido el presidente de un gobierno más o menos fantasma de los sublevados entre la muerte de Martí y el fin de la guerra, al que ninguna de las partes beligerantes le había hecho mucho caso durante su existencia.

Pero la campaña electoral se le escapó de las manos después de varias serias meteduras de pata y errores tácticos. Así que retiró su candidatura y se quedó más tranquilo que Estate Quieto.

De una manera bastante desafortunada para el futuro democrático de Cuba, Estrada Palma, que aún seguía residiendo en Estados Unidos, fue elegido sin oposición primer presidente de Cuba.

El 5 de mayo de 1902, Wood convocó al Congreso cubano para hacerle entrega de sus propias credenciales de gobierno. El 20 del mismo mes se izó, en medio del mayor entusiasmo y bullicio popular, —que para eso los cubanos son profesionales—, la bandera cubana en solitario; lo que significaba el nacimiento de la nueva república.

Wood entregó el poder a Estrada Palma y sin romanticismos ni dramas se retiró. Las tropas de Estados Unidos comenzaron a ser retornadas a sus lugares de origen, salvo un pequeño retén que seguiría en las bases costeras hasta que Cuba contase con su propia artillería.

El país, después de haber atravesado por la comunidad primitiva, el esclavismo y el feudal colonialismo; tenía libre el camino para entrar en la próxima: capitalismo; con la particularidad de ser una república naciente pero ya mediatizada por la Enmienda Platt, una especie de protectorado de los Estados Unidos.

Pero la historia de la República de Cuba es otra historia, aunque de la misma Isla, que veremos en el siguiente Tomo.

Las Vegas, Nevada
Marzo 4, 2024

SOBRE EL AUTOR

Enrique González (La Habana, 1965) nació en un barrio del populoso municipio Diez de Octubre, en La Habana, Cuba; en el seno de una familia de asmáticos.

Como estudioso y fanático de los temas históricos desde temprana edad, decidió hacerse Ingeniero en sistemas automatizados de dirección.

Ha escrito cientos de trabajos para revistas y periódicos sobre economía, finanzas y regulaciones legales, los cuales no tienen nada que ver, inexplicablemente, ni con historia ni con los sistemas automatizados. Eso habla muy bien de la versatilidad del autor para asumir disímiles retos y la necesidad de ganar dinero para subsistir.

Siguiendo la corriente directa, —y alterna en algunos casos—, de la vida moderna; tiene presencia en las redes sociales donde aborda temas de inmigración de los que dice conocer bastante, pero que tampoco tienen que ver con historia, ni con sistemas automatizados, ni con economía, finanzas y regulaciones legales.

González se define a sí mismo como hombre y amigo, en la segunda mitad de sus 50, heterosexual, felizmente casado, respetuoso de los valores de la sociedad y la familia. Cree firmemente en el esfuerzo personal para avanzar en la vida.

Bibliografía

Cuba te espera

- Taíno XtraTravel, agencia: facturas varias, circa 5,997 antes de Cristo.
- Radio Caribe: La mejor bulla para tus oídos. Manual Técnico. Edición limitada en sánscrito.

Explorando el Mundo Exterior

- *Bololandia, la República de.* Wikipodia. Internet
- *El ancestral arte de preparar la Yuca, Mil y Una Formas*, Compilación, Editorial Aldente, La Habana, ediciones 1993, 1994, 2023, 2024.
- *De la Canoa al Tesla, Historia del Transporte en el Caribe Insular.* Tesis de Grado. Universidad de La Habana, Facultad de Transporte Vertical, 2020.
- *Pies Secos, Pies Mojados: fuente segura de hongos*, Memorias del cacique Chatyipity. Biblioteca Nacional, delegación de Buey Arriba.

Pasó el tiempo y llegaron

- *Colón, el Gran Guatacón de la mar Océana.* Récords Guinness, Edición 1492, página 12.
- *Los Diez Trabajos de Hércules. Trabajo 9: Entregar correspondencia de manera segura y rápida, la lucha titánica contra Correos de Cuba.* Audiovisual.

Un paraíso bajo las estrellas

- *Vazco, Cortico pero Juguetón; peripecias de un Conquistador* Editorial 69. Fanguizal de Jaruco. 1720.
- *Las Vidas Indias son Importantes*, entrada del blog personal del cacique Hatuey. WordPress.
- *Cómo Cocinar Herejes y Otras Alimañas* Edición revisada e ilustrada de 1528. Editorial BaticanoPress.

Institucionalización y crecimiento

- *La vida es dura, pónganse casco.* Entrevista al Adelantado Diego Velázquez en el medio digital Cuyaguateje Today, Facebook.
- *Magia Negra de la Burocracia: Hechizos y Fórmulas*, Editorial El Ñico-CC/PCC, 1959.
- Grupo Consultores Wagner, Informe Anual para Cumbre Senegal 2022. Capítulo 3 *A llorar que se perdió el Tete.*

Un período oscuro

- *Ríete y serás feliz: la esclavitud y la comedia a través de los siglos* Burundi, 2023.
- *Indaya, El Fanguito, Los Pocitos y Cocosolo, Patrimonios de la Humanidad* UN/UNICEFO 2017.

Azúcar, corsarios y piratas

- *El Inquieto Cristobalillo. De aquí para allá y viceversa* Colección Biografías Ridículas. K. Talejo.
- *Diez formas de perder el frenillo.* Audiovisual. Nick Ohones, Universidad para Todos.
- *Manual del Buen Corsario. Guía completa ilustrada* Grupo Integral de Desarrollo Marítimo. Casablanca, La Habana, 2010.
- *Los Temibles Piratas del Caribe.* Edición corregida y aumentada. Biblioteca Nacional Autónoma de Islas Tortuga. 1896.

A ritmo de contingente

- *Real Manual de Recursos Humanos de las Indias Occidentales.* Editorial HP. Bajalalona, España, circa 1600.
- *Fray Miguel Ramírez de Salamanca, te cogieron en el brinco.* Editorial. Revista "El Conquistador Ilustrado" número 1025.
- *Las rutas 22 y 64. Horarios e Incidencias.* Archivo Nacional del Transporte, Terminal La Fortuna.

Del criollo al cubanazo

- *F1 cubano: Batido Tropical* Johann S. Mendel. Editorial L'éprouvette indiscrète.
- *Mayá Liubimaya Siguaraya.* Alexander Ivanovich Oparin *et all.* Tesis de doctorado.

Fumando y traficando

- *El arte de traficar ilegalmente: engañando a amigos y riendo con enemigos,* Documental. Netflow.

Inglaterra in da house

- *Yo soy Pepito, el que se presenta solito.* Biografía de Pepe Antonio. Edición revisada, aumentada y corregida. Abu Dhabi, 2018.
- *La Libreta de Abastecimiento: un fenómeno del calentamiento global.* Estudio comparativo en 132 naciones entre 1552 y 1718. Editorial Oficoda Nueva.

Y siguen llegando

- *El Perro y sus Purgas.* Relato folclórico de la parte nororiental de Torndirrup Beach, Australia.
- *Cómo aprobar una Entrevista de Miedo Creíble y no morir en el intento,* Manual de Campo, Editora El Nagüe Habanero, varias revisiones.
- *Los Histéricos Actos de Repudio Revolucionario: Surgimiento y Decadencia.* Libro de cuentos infantiles con ilustraciones explícitas. Editorial Meerizo, 1980.

Se complica el juego

- *Perico y el Tren, la sordera en el reino animal,* Cantata para coro y cencerro, Conservatorio de Broadway.
- *Cómo lo caminé,* Serie documental, de tres capítulos, estrenada en Zulu sobre el chivatazo de la Beata Francisca de los Dolores. 2010.
- *Sacra Manuale Ethicorum* Editorial BaticanoPress, traducción del malayo antiguo, La Paz, 2001.
- *La hora en que mataron a Lola, según Mr. Poljot* Ensayo. Editorial Cocuyo, New Yorka. 1977.
- *Cocina al Minuto si puedes, la alegría al sustituir ingredientes* Libro ilustrado. X Edición. Editorial Fricandel, 1993.

Lo que el viento se llevó

- *El hombre que te la dejó en los callos* Biblioteca Especializada. Facultad de Medicina de Anuta, Polinesia.
- *Mamá, Globonauta quiero ser* Canción infantil de cuna. Def Leppard. 1987

Se calientan los metales

- *Leones de La Habana fuera del Zoológico* Premio Nacional de Arte y Poesía. Editorial Comunales. 2024.
- *Lleva tu Pregón aquí.* Serie audiovisual para sordos e hipoacúsicos. Coproducción de la UNESCU y el Canal del Cerro. Temporadas 2003 – 2024.
- *Del Barracón colonial al Solar habanero actual: Dos etapas, una misma Gozadera.* Tesis de Maestría. Universidad de La Habana.

Una de azúcar y dos de café

- *Usos y Abusos de los Horarios: Los Cubanos, un Caso Especial.* Foro de Davos 2021. Facultad de Comunicación Social y Redes Neurales de la Benemérita Universidad Autónoma de Nauru.
- *Que le den candela.* Toccata and Fugue in D minor, BWV 565. Johan Sebastián Bache. Sello Disquero La Timba.
- *Popular Uprising for Dummies* 101. Lenin, el Vlado. Editorial Bolinskaya.

Se acabó lo que se daba

- *La Tarea Ordenamiento o El Gran Reguero.* Mario Pinocho. Editorial de La Buena Pipa. 2021.

Entre col y col, varias lechugas

- *¿Por qué sin colonia no hay metrópoli?.* Ensayo. Kal Zon-Cllos. Editorial SmartPinar.
- *Participación de Guarapitos y Chivatientes en el enfrentamiento al Delito* Extracto del Informe Central al XIII Congreso de Buquenques y Mypimeros. Editorial Larga Lengua.
- *Martí la puso Buena: Bafletazo a Gómez y Maceo.* Serie Biografías por la Izquierda. K. Ta Lejo. 2011.

Ahora es cuando es

- *La alegre y entretenida vida durante la Reconcentración páginas 13 – 69, 183.* Editorial Cementerio Colón, 1959.
- *El Máximo Gómez que conocemos: Intenso y Tóxico.* Tomo I, páginas 17 - 23. Casa de las Américas.

Alánimo, alánimo, la fuente se rompió

- *El Maine se desmerengó.* Informe Técnico Final. Editorial ANIR.
- *El Máximo Gómez que conocemos: Intenso y Tóxico.* Tomo II, páginas 236, 282 y 321. Casa de las Américas.

Más se perdió en Cuba

- *Breve Historia Ilustrada del Chicle*, páginas 22 – 25, 32. Editorial Mascalagoma, Miami, Estados Unidos, 1952.
- *Aventuras y Travesuras de la Armada Invencible* Libro de caricaturas cómicas. Editorial Bajalalona, España.
- *Van Tropische Corruptie en Andere Demon* Capítulo 3: Estudio de la Camancola en la Política Internacional. Ensayo. Miszeri Ko-Rdia, Bután 2020.
- *Máuser Modelo 1893: Un fusil chingón.* Artículo. Revista Tiralblanco Now. Universidad Autónoma de Slalom Lake.
- *La Levedad de la Croqueta* Mylly Vanylly. Editorial Villapol. 1988.

Diferente perro, mismo collar

- *Fidel Castro: Del clásico Maquiavelo al HP moderno.* Tesis de Grado. Hogwarts School of Witchcraft and Wizardry. 2019.
- *El Error de Carlos J. Finlay* Serie documental. Temporada 14, Episodio 9. Netflow.
- *Paradojas Matemáticas.* Ejercicio 395: Similitud entre el culo y la llovizna. Pitágoras. Cuaderno de la Facultad-Obrero Campesina de Crotona, Grecia.
- *Dime si te Arde, Mami.* Reggaetón Romántico. Orville Platt. Sello Arcoiris Musical. 1902.
- *La Técnica es la Técnica; y sin Técnica, no hay Técnica.* Entrevista a Máximo Gómez. Revista INDER, número 182. Editorial Teostevenson.

ÍNDICE

Made in the USA
Columbia, SC
02 April 2024

33923109R00113